어차피 완벽히 준비된
도전은 없다

미국 5,000km 자전거 횡단기

도망치듯 떠났지만, 끝까지 가버린 사람의 이야기

어차피 완벽히 준비된
도전은 없다

서성구 지음

애드앤미디어

서로의 손을 꼭 잡고 도란도란 이야기 나누며, 산책하는 노부부의 모습이 부러웠다. 세 아이의 엄마, 아내, 맏며느리이자 직장인으로 바쁜 삶을 살아내면서 그 부러움은 어느새 내 꿈이 되어 있었다. 그러나 갑작스러운 남편의 희귀 암 진단과 죽음은 내 유일한 꿈을 송두리째 앗아갔다. 미루지 않고 함께했다면 어땠을까, 돌이킬 수 없는 후회만 가득 남긴 채 혼자가 됐다.

나는 내 아이들이 나 같은 후회를 남기지 않기를 바랐다. 그래서 아들이 자전거로 미국 횡단을 한다고 했을 때 반대하지 않았다. 어릴 적부터 키워온 꿈이라고 하니 살아만 돌아오라고 응원했다. 그러나 아들의 인스타그램 글이 올라오지 않는 날은 두려웠음을 고백한다. 아들은 미국 횡단 여정을 마치고 집으로 돌아온 날, 다시 새로운 도전을 계획했다. 자신이 좋아하는 일을 하면서 자유롭게 살아가고 싶단다.

부모는 자식들의 행복한 삶을 바란다. 우리 세대가 아는 행복은 안정된 삶이었다. 그러나 지금은 모든 게 불안정하다. 세상은 속도 경쟁을 하는지 하루하루가 새롭다. 그럴수록 삶의 변수는 쌓여 가기만 한다. 시작은 어렵고 실패는 두렵다. 그러나 시작 없이는 성장도 변화도 성공도 없다. 살아 보니 인생은 '도전과 실패와 성장의 과정'이다. 세상의 두려움에 주저앉지 않고 뚜벅뚜벅 꿈을 향해 나아가는 내 아들의 이야기가 자신만의 인생을 꿈꾸는 청춘들에게 새로운 시작의 마중물이 되기를 바란다.

서성구 엄마 **이주영**

서성구 작가를 처음 만난 것은 약 5년 전이다. 재미있는 꿈을 꾸는 대학생들에게 장학금을 주고자 좋은 후보를 찾던 시기였다. 자신의 이름을 따 "서서히 성공을 구현하겠다"라던 서성구 작가는 당시 달리기를 하는 사람들과 소액의 기부금을 모아 전달하는 사업을 하고 있었다.

"자신의 10년 뒤 모습을 상상해보라"는 질문에, 그는 미국과 영국을 오가며 세계를 누비는 성공한 미래를 꿈꾼다고 했다. 솔직히 말하면, 그 꿈이 현실이 될 수 있을지 의문이 들었다. 하지만 그로부터 5년도 지나지 않은 지금, 그는 맨몸으로 미국을 횡단하고, 그 경험을 책으로 엮어내며, 본인의 자산으로 만드는 데 성공했다. '꿈 같은 일을 해야 꿈 같은 일이 생긴다'라는 말이 책을 읽는 내내 생각났다.

세상에 완벽한 도전이 없듯이, 세상에 완벽한 도전자도 없다. 하지만 도전하지 않으면 경험도, 이야기도 남지 않는다. 그리고 그 경험과 이야기가 쌓일 때, 그것은 누구도 대신할 수 없는 나만의 강점이 된다. 오늘 당장, 완벽하지 않은 도전을 시작하려는 사람에게 이 책을 권한다. '인생을 지배하느냐', '집에 있느냐'는 우리의 선택이다.

방송제작자, 작가 **한정수**

아버지가 세상을 떠난 뒤, 그는 길 위에 섰다. 좌절은 필연적인 것일까. 그러나 이내 인정하게 된다. 노력으로 바꿀 수 없는 일들은 도시 위 아스팔트 자갈만큼 많다는 사실을. 이 책은 바로 그 지점에서 출발한다.

어느 날, 한 남자가 이집트 다합의 작은 게스트하우스로 걸어 들어왔다. 말수 적고 부끄럼 많은 그는 말했다. 내성적인 성격을 극복하고 싶다고. 열심히 노력하고 있다고. 작가는 수많은 체념 위에서도 끝내 페달을 멈추지 않는다. 심지어 그는 지금도 어딘가로 나아가고 있다.

《어차피 완벽히 준비된 도전은 없다》가 말하는 도전은 거창하지 않다. 공장만큼 단단한 페달, 체인만큼 정교한 힘으로 묵묵히 나아가는 일이다. '시작점'이 아니라 '지금'부터.

그가 야생 곰을 마주했을 때, 최악의 상황에서 할 수 있는 일은 의외로 단순하다. 곰 스프레이를 쥔 채 서툰 자세로 버티는 것. 곰은 어슬렁거리다 낯선 차 소리와 함께 사라진다. 새로운 이야기는 언제나 그 지점에서 시작된다.

우리의 삶은 끝내 정형화되지 않는다. 아버지를 잃은 뒤에도, 세계를 건너는 동안에도, 얼굴에 주름살이 늘어날 때까지 우리는 서툴 것이다. 간단한 노력은 앞으로도 좌절될 것이고, 완벽한 순간은 찾아오지 않는다.

그럼에도 불구하고 작가의 페달은 멈추지 않는다. 우리는 어디로 가고 있는 것일까. 결국 어디에 닿게 될 것인가.

아니, 그런 건 중요하지 않다.
페달은 조용히, 앞으로도 끈질기게 돌아갈 테니까.

여행 크리에이터, 작가 **홍마오**

이 책은 손 하나만 까딱하면 음식이 배달되고, 산간 오지와 화려한 풍경을 고화질로 볼 수 있는 세상에서 도전을 선택한 한 젊은이의 이야기다. 도전은 재능을 증명하는 시험이 아니라 '나는 누구인가'라는 질문에 몸으로 답해가는 과정이다.

그러니 완벽한 때도, 완벽한 결과도 없다. 도전하기 전보다 나 자신과 조금 더 친해진 내가 자라날 뿐이다.

이 책은 편안한 방 안에서 완벽한 시기만 기다리는 사람들에게 말한다. 지금, 문밖으로 나가보라고.

준비되지 않은 당신에게 가장 큰 선물이 기다리고 있다고.

신경심리학 박사, 작가 **김보경**

왜 사는가? 내 진정한 행복은 무엇일까?
8살부터 찾아온 질문을 그는 이미 찾은 것 같아 부러웠다.

그런 그의 모험을 접하고 휠을 후원한 후에, 내 삶도, 휠랩의 나침반도 조금 더 그쪽으로의 방향 전환이 있었다. 여러분도 이 책과 함께 더 후회 없는 여정을 찾으시길 기원한다.

Wheel lab 대표 **천소산**

서성구라는 사람을 처음 마주한 건, 산티아고 순례길을 묵묵히 걷고 있던 어느 영상 속에서였다. 화면 너머로 전해지는 그의 단단한 발걸음에 이끌려 팔로우를 시작했고, 얼마 후 그가 미국 대륙 횡단을 계획하고 있다는 소식을 접했다.

가슴 한구석이 뜨거워졌다. 그 무모하고도 아름다운 여정에 진심으로 함께하고 싶었지만, 비즈니스라는 현실은 나를 이곳에 붙잡아 두었다. 결국 내가 할 수 있는 최선은 나의 분신과도 같은 자전거를 그에게 내어주는 것뿐이었다. 나의 마음을 대신 싣고 떠난 그는, 그 먼 길을 오롯이 혼자서 해내고 돌아왔다.

이 책에는 대단한 성공의 비결이 없다. 대신 '준비되지 않았음'을 인정하는 솔직함과, 그럼에도 불구하고 나아가는 투박한 발자국이 가득하다. 산티아고에서의 실패를 지나 미국 대륙의 끝에 닿기까지, 그가 흘린 땀방울이 어떻게 단단한 삶의 근육이 됐는지 이 책을 통해 확인해보길 바란다.

완벽하지 않아도 괜찮다. 일단 부족한 채로라도 여정을 시작했다면, 당신은 이미 자기만의 길 위에 서 있는 것이니까.

Supermond 대표 **김도연**

프롤로그
나는 미국을 건너려 하지 않았다

'미국 자전거 횡단'을 주제로 책을 쓴다.
처음에는 그렇게 생각했다.
하지만 곧 멈췄다.

미국을 자전거로 가로지르는 이야기는 멋있지만,
너무 특수하다.
입구가 좁다.

사람들은 왜 글을 읽을까.

남의 이야기를 읽지만, 결국 자기 이야기를 찾기 위해서다.
과거의 나, 지금의 나,
혹은 미래의 나를 확인하기 위해.

나는 드라마 <폭싹 속았수다>를 보며 시도 때도 없이 울었다.
주인공 애순이의 삶을 본 게 아니다.
그 속에서 우리 엄마를 봤기 때문이다.
애순이는 내가 아니지만, 우리 엄마는 또 다른 나니까.

이 책도 마찬가지다.
당신은 서성구의 미국 횡단을 읽겠지만,
결국 당신의 도전을 떠올리게 될 것이다.

그래서 나는 '미국 횡단'에 대해 쓰지 않았다.
'도전'에 대해 썼다.

왜 시작했는지,
왜 멈추지 않았는지,
어떻게 생각을 행동으로 옮겼는지.

세상에 도전을 꿈꾸지 않은 사람은 없다.
다만, 실행까지 가는 사람은 많지 않다.

이 책은
미국을 건너는 이야기가 아니라,
한 번이라도 건너보고 싶었던 당신을 위한 기록이다.

서성구

Contents

1장 도전의 가장 강력한 동기

2장 나는 왜 자꾸 도망치듯 앞으로 갔을까

3장 세상에 나를 던지다

4장 미국 5,000km 자전거 횡단. 불가능에 도전하다

Contents

5장 살아서 돌아오겠습니다

6장 길 위에서 배운 것들

7장 도전의 끝에서 길을 잃다

도전의
가장 강력한 동기

Riding Across America: 5,000km on a Bicycle

아빠가 암에 걸렸다

대학교 3학년 어느 봄날이었다. 버스를 타고 자취방으로 돌아가고 있었는데, 엄마에게 전화가 왔다.

나는 대학 생활 때문에 서울에 있었고, 부모님은 고향인 울산에 있었다. 자주 보지는 못했지만, 전화는 종종 했다. 그런데 그날 엄마의 목소리는 평소와 조금 달랐다.

"성구야, 놀라지 말고 잘 들어. …
아빠가 암일 수도 있어."
침착했지만, 엄마의 목소리는 살짝 떨렸다.

"아빠가 암이라고?"
"응. 아직 확실한 것은 아니야. 그래도 혹시 모르니까."

갑작스러웠다.
암? 갑자기?

그 단어는 나와도, 우리 아빠와도 어울리지 않았다. 아빠는 운동을 꾸준히 했고, 술과 담배도 멀리했다. 암은 뉴스에서나 보던 이야기였다.

그래서인지 그 순간, 이 소식이 뚜렷한 비극처럼 느껴지지 않았다. 만약정말 암이라면 고치면 되니까. 요즘 의학이 얼마나 발전했는데. 더군다나 아빠는 50대 중반이었다. 아직 젊잖아.

자취방에 돌아와 책상에 앉았다. 그래도 혹시 모르니, 내가 할 수 있는 것을 생각해봤다. 아마 돈이 좀 필요하지 않을까? 병원비가 많이 들 테니까.

부모님이 보내주던 월세와 약간의 용돈. 이것만이라도 스스로 해결하면 도움이 될 것 같았다. 전화를 돌려 아르바이트를 2개 더 구했다.

그리고 늘 그랬듯 '최악의 상황'을 한번 가정해봤다.

나는 체대 입시 삼수생 출신이다. 현역 때는 성적이 안 나와서, 재수 때는 운동이 안 되어서 떨어졌다. 삼수까지 가면서 멘탈이 많이 흔들렸다. 그때 내가 붙잡았던 방식이 있다.

'최악의 상황을 먼저 떠올리고,
그에 대한 대처 방법을 미리 마련해두는 것.'

어차피 최악의 상황이 벌어질 확률은 가장 낮다. 그런데 설령 벌어진다고 해도, 대비책이 있다면 불안한 미래 대신 지금 당장 바꿀 수 있는 것에 집중할 수 있다. 삼수생이던 나를 결국 대학에 붙게 만든 방법이었다. 그래서 이번에도 최악의 상황을 떠올려 보려고 했다.

그런데 이상했다. 머릿속에 떠오른 것은 하나뿐이었다.

'아빠가 죽는다.'

그다음 생각이 이어지지 않았다. 아빠의 죽음을 상상한 뒤, 그에 대한 해결책을 마련한다? 말이 안 되는 소리잖아. 이것은 현실과 너무 멀었다. 흠. 이 방법이 안 통할 때도 있구나.

그날 밤, 여느 때처럼 침대에 누워 유튜브를 켰다. 알고리즘에 이끌려 세월호 관련 다큐를 보게 됐다. 가족을 잃은 사람들이 서로를 부둥켜안고 울고 있었다.

그러다 갑자기, 나도 울었다.
걷잡을 수 없는 눈물이 터져 나왔다.
멈출 수가 없었다.

처음이었다. 나는 평소에 잘 우는 편이 아니다. 슬프고 안타까운 이야기를 보면 마음은 아프지만, 거기까지였다. 직접 겪어본 일이 아니니까. 내 이야기가 아니니까. 그런 내가 자취방 침대에 옆으로 누운 채 엉엉 울고 있었다. 소리를 내서 울었다.

이것은 내 이야기잖아.

우리 부모님은 늘 그랬다. 힘든 일이 있어도 자식에게 먼저 말하지 않는다. 그런 엄마가 나에게 직접 전화를 했다.

그 말은 하나였다.
아빠는 이미 암에 걸렸고, 죽을 수도 있다.
지금 상황이 최악이라는 뜻이었다.

마지막 유럽여행

아빠의 병명은 '비인두암'이었다.

코와 눈 뒤쪽 공간에 암이 생겼고, 발견됐을 때는 이미 시간이 꽤 지난 상태였다. 암의 위치가 까다로워서 치료는 서울의 큰 병원에서 받기 시작했다.

아빠는 울산에서 서울로 올라왔다. 아빠를 보기 위해 나는 수업이 끝나는 대로 병원으로 갔다. 별것 없었다. 그냥 얼굴 보고, 잠깐 이야기하고, 돌아오는 정도였다.

아빠는 멀쩡했다. 4월, 5월, 6월. 봄이 지나 여름이 올 때까지 아무런 문제는 없었다.
아빠는 열심히 치료받았고, 나는 열심히 살았다.
대학 수업도, 아르바이트 3개도, 혼자 치료를 받으러 오는 아빠를 반기는 일까지, 하나도 놓치지 않았다.
잠도 잘 자고, 밥도 잘 먹었다. 교우 관계도 원만했다.
정말로 아무 일 없는 사람처럼 살고 있었다.

아빠는 서울 병원에 입원하기로 했고, 엄마도 일을 그만두고 같이 올라
왔다. 몇 달 더 집중적으로 치료를 받고, 이후 수술하자는 계획이었다.

드디어 이 지긋지긋한 암을 떼어낸다. 우리는 잘 싸우고 있었고, 상황
은 순조로웠다. 역시, 세상에는 노력하면 안 되는 게 없다.

여름방학이 다가오자 나에게 선택지가 하나 생겼다. 원래는 친구와 유
럽 배낭여행을 가기로 되어 있었다. 연초부터 잡아둔 일정이었다. 취소
할까, 고민했다. 여행을 안 가고 그 돈을 생활비로 보내는 편이 낫지 않
을까 싶었다.

아빠가 반대했다. 유럽여행을 갔다 오라고 했다.

고작 2주인데, 내가 한국에 남아 있어도 달라지는 것은 없다고 했다.
오히려 본인 때문에 내가 하고 싶은 것을 못 하게 되는 게 더 불효라고
했다.

고민했다. 음…. 아빠 말이 맞는 것 같았다.
내가 병원에 붙어 있다고 치료를 해줄 수 있는 것도 아니니까.

대신 하나의 아이디어를 떠올렸다.
여행 사진을 매일 아빠에게 보내는 것.

어릴 때 우리 가족은 단체 유럽여행을 다녀왔다. 동생이 태어난 뒤부터 8년 동안 모은 적금을 털어 떠난 여행이었다. 부모님에게는 '더 넓은 세상을 자식들에게 보여줘야 한다'라는 신조가 있었다. 넉넉하지 않은 형편에도 일정은 강행됐다.

여행에서 뭘 했는지는 솔직히 잘 기억나지 않는다. 대신 사진은 남아 있었다. 에펠탑 앞에서, 콜로세움 앞에서, 알프스 앞에서 찍은 사진들. 그 파일들은 아직도 아빠의 컴퓨터 폴더 안에 그대로 있었다.

그때와 같은 장소에서 같은 구도로 사진을 찍어 보내드리자.
참 기특한 생각이지 않나.

나는 가족 유럽여행 사진이 담긴 USB를 챙겨 친구와 배낭여행을 떠났다.

매일, 정말 매일.
틈만 나면 아빠에게 사진을 보냈다.
공항에서도, 비행기 타기 전에도, 경유지인 카자흐스탄에 도착했을 때도 계속 보냈다.

병원 침상에 누워 있는 게 일상이던 아빠의 답장은 늘 빨랐다. 이렇게 자주 연락한 것은 처음이었다.

그러다 문제가 생겼다.
카자흐스탄에서 하룻밤 경유를 하고, 파리로 가는 일정이었다. 입국할 때 받았던 작은 서류를 잃어버렸다. 사실 쓰레기인 줄 알고, 숙소 휴지통에 버렸다. 출국 직전에 보안대에서 붙잡혔고, 시내에 나가 재발급을 받아와야 한다는 말을 들었다.

서류 문제가 없던 친구는 먼저 유럽으로 떠났고, 나는 카자흐스탄에 혼자 남았다. 3일 더 머물러야 했다(나는 가난한 대학생이었고, 저렴한 비행기 표가 3일 뒤밖에 없었다).

시내 동사무소에 갔다. 경찰서로 가라고 했다.
경찰서에 갔다. 대사관으로 가라고 했다.
구글 지도를 따라 대사관에 갔는데… 없다. 일주일 전에 이사 갔다는 안내만 붙어 있었다.

다시 택시를 타고 대사관으로 갔다.
오후 6시. 문이 닫혀 있었다.

망했다.
하필 내일은 주말이었다.

한국으로 돌아가야 하나?
아니, 애초에 여기서 나갈 수는 있을까?

혼자 여행도 처음, 외국에서 영어 쓰는 것도 처음이던 대학생 서성구에게 그 상황은 '조난' 그 자체였다. 대사관 앞에 캐리어를 세워두고 쪼그려 앉아 있었다.

그때 누군가 문을 열고 나왔다.
한국 사람이 아니었다. 카자흐스탄 여자였다.

눈이 마주쳤다. 그 여자가 쪼그려 앉아 있던 나에게 다가왔다.
그리고 물었다.
"괜찮으세요?"
완벽한 한국말이었다.

대사관 직원이었다. 그는 내 서류 문제를 빠르게 정리해줬고, 숙소를
소개해줬으며, 비상 연락처까지 알려줬다. 하늘에서 내려준 천사임이
분명했다.

숙소에 도착하자마자 아빠에게 전화를 걸었다. 단 몇 시간 사이에 벌어
진 일을 전부 설명했다. 아빠는 잠자코 듣더니 이내 호탕하게 웃었다.
아들이 죽다 살아났는데 웃음이 나오나 싶었지만, 아빠는 말했다. 원래
여행이 그런 거라고. 그게 다 경험이고, 피가 되고 살이 된다고.

신기했다.
수화기 너머의 아빠 목소리는 유난히 밝았다.

생각해보면 나는 내성적인 사람이다. 짜장면 하나 시키려고 중국집에
전화하기 전에도 심호흡을 몇 번씩 하는 사람이다. 아마 친구가 아니었
다면, 유럽여행은 애초에 불가능했을 성격이다.

그런 내가 말도 잘 안 통하는 나라에서 하루 종일 돌아다녔다. 캐리어
를 끌고, 동사무소와 경찰서를 누볐다. 지나가는 사람에게 보디랭귀지
로 길을 묻기도 했다.

할 수밖에 없었다.

문제가 이미 생겼고, 내가 해결해야 했으니까.

아빠와 20분 넘게 통화한 것도 처음이었다.

***

3일 뒤, 나는 무사히 유럽에 도착했다.
계획했던 대로 에펠탑 앞에서, 몽마르트르 앞에서, 초등학생 때와 같은 구도로 사진을 찍어 아빠에게 보냈다.

아빠는 내 여행을 나보다 더 궁금해했다. 내가 보낸 사진을 차곡차곡 모아 네이버 가족 밴드에 정리해 올렸다.

2주 뒤, 여행을 마치고 한국으로 돌아왔다. 캐리어에는 맛있는 음식과 기념품이 가득했다. 나는 곧장 병원으로 달려갔다. 아빠에게 유럽여행 이야기를 직접 들려줄 생각에 마음이 들떠 있었다.

13살, 그리고 24살

아빠가 죽고,
나는 변했다

캐리어를 끌고 병원에 들어섰다.

혹시 커다란 캐리어가 눈에 띄지 않을까 걱정했는데, 다행히 병원 사람들은 별 관심이 없어 보였다. 병원에서는 캐리어보다 더 큰 것들이 늘 굴러다녔다.

아빠의 병실은 4층이었다. 엘리베이터도 넓어서 짐을 옮기기 수월했다. 나는 꽤 신나는 표정으로 병실 문을 열었다.

그런데 그 순간, 뭔가가 어긋났다는 느낌이 들었다.

아빠가 나를 반겨주지 않았다. 침상에 비스듬히 누운 채 눈을 감고 있었다. 깊이 잠든 것처럼 보이기도 했고, 어쩌면 그냥 눈을 감고 있는 것 같기도 했다. 내가 들어오는 소리도, 캐리어 바퀴 소리도 들었을 텐데 아무 반응이 없었다.

조금 이상했다.
아니, 사실은 매우 이상했다.

내가 병원에 들를 때마다 아빠는 늘 먼저 나를 봤다. 엄마를 위해 이것 저것 한가득 들고 오면, 힘세서 좋다고 웃으며 말하곤 했다. 그런 아빠 가 아들이 2주 만에 유럽에서 돌아왔는데, 나를 쳐다보지도 않았다.

엄마가 나를 보고 느리게 웃었다. 아빠가 조금 전까지 항암 치료를 받 아서 그렇다고 했다. 약 때문에 정신이 몽롱한 상태라며, 조금 있으면 괜찮아질 거라고 했다. 같이 저녁도 먹자고 했다.

나는 그 말을 믿고 싶었다.
그래서 아무 말도 하지 않았다.
하지만 아빠는 괜찮아지지 않았다.

코를 넘어 머리까지 번진 암은 이제 의식까지 밀어내고 있었다. 말수가 줄었고, 눈을 뜨고 있는 시간도 짧아졌다. 상태는 계속 악화됐다. 그 악 화는 내가 부정할 수 없을 만큼 분명했다.

선택의 순간이 있었다고 한다. 위험을 감수하고 수술할 것인지, 아니면 포기할 것인지. 수술에 성공하면 평생을 중환자실에서 살아야 했다. 그 렇지 않다면 호스피스 병동에서 통증을 줄이며 시간을 보내야 했다.

엄마는 수술을 택하고 싶어 했다. 이후의 문제는 어떻게든 해결하면 되 니까, 일단 시도해보자는 생각이었다. 하지만 아빠는 다른 선택을 했다 고 한다. 이제 싸움은 그만하고, 고향인 울산으로 돌아가고 싶다고 했 다. 익숙한 곳에서 편안하게 지내다 보면 혹시라도 괜찮아질 수 있지 않겠냐고 말했다고 한다(내가 이 사실을 알았을 때는 이미 선택이 끝난 뒤였다).

***

여름이 지나 가을이 왔다.

우리는 서울의 대형병원을 떠나 울산의 호스피스 병동으로 옮겼다. 나는 여전히 서울과 울산을 오가며 아빠를 보러 다녔다. 내려갈 때마다 마주한 아빠는 내가 희망을 놓지 않으려 애쓰는 와중에도 눈에 띄게 나빠지고 있었다.

그래도 아빠의 생일은 챙겼다.

그래서 더 열심히 살았다. 미친 듯이 하루를 지켜냈다. 아르바이트는 3개에서 4개로 늘었고, 수업도 빠지지 않았다. 공부도 손에서 놓지 않았다. 잠을 많이 못 자도, 아무리 피곤해도 일부러 더 웃으려고 했다. 괜찮은 사람처럼 보이고 싶었다.

나는 사실, 무서웠다.
아빠가 죽을 수도 있다는 사실이 무서웠고, 아니 어쩌면 곧 죽는다는 사실이 더 무서웠다. 남겨진 우리 가족이 잘 살아갈 수 있을지도 두려웠다.

지금이 너무 좋았다. 우리 가족이 함께 존재하는 이 상태가 좋았다. 이대로 계속 살고 싶었다. 내 세상이 무너질까 봐, 견딜 수가 없었다.

***

2019년 11월 4일.
선선했던 가을이 조금씩 차가워질 때쯤 아빠는 6개월간의 암 투병 끝에 우리 곁을 떠났다.

영화처럼 마지막 대화를 나누지도 않았고, 임종 직전 유언을 남기지도 않았다. 그저 편안하게 눈을 감고 있었고, 어느 순간 숨을 쉬지 않았다.

아빠가 떠난 뒤, 세상은 예전과 똑같이 돌아갔다. 나는 여전히 대학생이었고, 엄마는 다시 직장으로 돌아갔다. 겉으로 보기에는 아무것도 달라지지 않았지만, 내 안에서는 생각이 조금씩 달라지고 있었다.
매일 악착같이 버텨냈던 이유도, 몸이 부서져라 공부하고 일했던 이유도, 사실은 무너질까 봐 두려웠기 때문이었다. 그런데 아이러니하게도,

아빠의 죽음은 내게 아주 분명한 사실 하나를 남겼다.

'나도 언젠가는 반드시 사라진다는 것.'

그 사실을 알게 된 뒤부터
나는 예전처럼 살 수 없게 됐다.

당신의 죽음이 내 삶에
큰 영향을 미친 이유

아빠는 6개월간의 암 투병 끝에 돌아가셨다.
이 반년의 경험은 내 삶에 큰 영향을 미쳤다.

1. 충분했다

갑작스러운 암 선고였지만, 6개월간 이별의 순간이 조금씩 다가오면서
마음의 준비를 할 수 있었다.

투병 기간이 더 길어졌으면 그만큼 더 길게 힘들었을 것이다. 투병은
환자 혼자 하는 게 아니기 때문이다.

아빠의 죽음 앞에서 나는 어떤 태도를 보여야 했을까? 아직도 잘 모르
겠다.

선택의 순간이 있었다. 암이 머리까지 전이됐고, 수술이 불가피했다. 수술에 성공하면 평생 중환자실에서 삶을 보내야 하고, 아니면 호스피스 병동에서 통증을 줄이며 기적을 바라는 수밖에 없었다.

아빠는 후자를 선택했다. 그는 기적을 믿지 않는다. 죽음을 받아들이기로 했다.

병동으로 간 아빠를 위해 노트북을 구해왔다.
"재주도 좋네!" 하고 반기셨는데, 마지막까지 사용하지는 못했다.

뭐가 옳은지 끊임없이 고민했다.
죽음은 생각보다 가까이에 있었다. 아주 충분히.

2. 또렷하다

아빠는 울산에서 서울로 SRT를 타고 올라와서 치료받았다. 가족 중 유일하게 서울에 거주했던 나는 아빠와 꽤 많은 시간을 보냈다. 아니라고 믿고 싶었지만, 아빠의 상태는 눈에 띄게 나빠지고 있었다.

마지막으로 내려간 날. 서울에서는 내가,
울산에서는 삼촌이 마중 나갔다.

2018년. 아빠를 따라 처음으로 산에 오른 날.
힘들어서 뒤꽁무니만 졸졸 따라다녔다.

아빠는 마지막 시간을 울산에서 보냈다. 임종 순간은 아주 또렷하다. 가장 많이 들었던 생각은 '왜 하필 우리 아빠지?'였다. 담배도 안 피우고, 운동도 열심히 했으며, 누구보다 정직하게 살았지만, 기적은 없었다.

3. 선택했다

아빠는 아빠의 삶을 미루고 살았다. 삼남매의 가장이었다. 경제적으로 여유롭지 못했다. 그렇게 55년을 살아냈다. 삼남매 모두 대학에 보냈다. 이제 보상받을 일만 남았는데, 돌아가셨다.

시간은 유한하다.
나는 나를 가장 소중히 여겨야겠다.
지금 행복해야 한다.

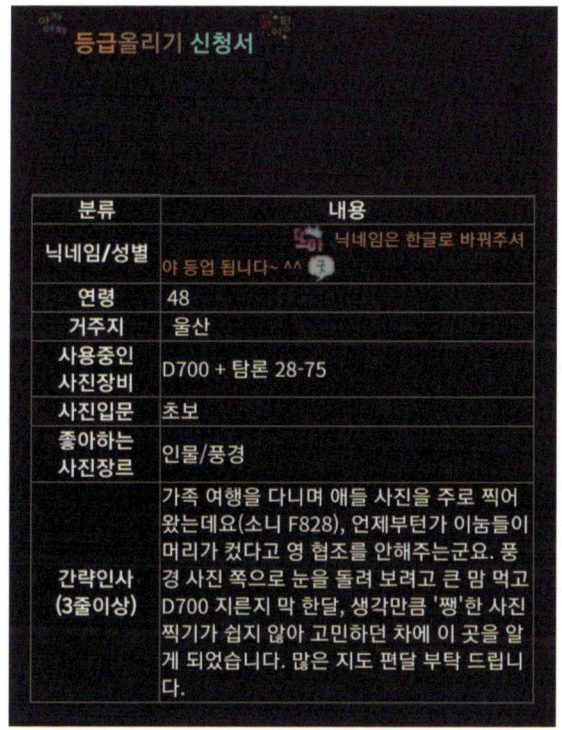

아빠가 어느 카페에 남겨놓은 글

더 넓은 세상으로,
그러나 좌절

하고 싶은 것을 해보기로 했다.
지금 당장, 그러기로 했다.

아빠가 돌아가신 뒤 바로 다음 해, 나는 교환학생 프로그램에 지원했
다. 처음에는 그냥 막연했다. 친구나 선배들이 다녀오는 것을 보니까
재미있어 보였고, 대학생 때만 할 수 있는 최고의 기회 같았다.

하지만 나는 늘 거기서 멈췄다.
집에 돈이 없고, 영어도 못하니까.
부러워하는 것으로 끝.

하지만 시간이 유한하다는 것을 두 눈으로 봤다.
아빠는 평생 하고 싶은 것을 미루고 살았는데,
이제 정말로 해보면 되는데, 돌아가셨다.

그것은 단순한 교훈이 아니었다. 내 몸에 남은 통증이었다.
그래서 가만히 있을 수가 없었다.
움직이지 않으면 뭔가 더 무너질 것 같았다.

일단 돈.
교환학생 경비는 나라에 따라 다르지만, 대표적으로 영국이나 미국은
월 300만 원이 기본이라고 했다. 한 학기 4개월이면 1,200만 원. 넉넉잡
아 1,500만 원. 당시 보증금 300만 원에 월세 30만 원짜리 반지하에서
살던 내가 그 돈을 가지고 있을 리 없었다.

방법을 찾았다.
장학금이었다.

불행인지 다행인지, 아빠가 돌아가신 뒤 나의 소득분위는 차상위계층
으로 분류되어 있었다. 차상위학생이 교환학생에 합격하면, 항공권과
생활비를 지원받을 수 있는 제도가 있었다. 성적이 필요했다. 성적은…
노력하면 된다. 적어도 노력으로 해결되는 문제였다.

그다음 문제는 영어였다.
여기가 진짜 문제였다.

나는 영어를 못했다. 수능 시험지에 적힌 문장을 읽는 수준. 그런데 외
국에 혼자 가서 듣고 말하고 생활한다? 사실상 불가능했다. 그래서 이
문제는 일단 합격한 다음에 해결하기로 했다.

나는 해봤다.
말이 안 통해도, 상황에 던져지면 어떻게든 한다.

카자흐스탄에서 그랬다.

교환학생 지원 '최소 기준'을 목표로 영어 공부를 시작했다. 세 번의 시험 끝에 점수를 맞췄다. 서류도 냈고 면접도 봤다. 그리고 합격 메일을 받았다.

꿈만 같았다.
내가 진짜 더 넓은 세상으로 나갈 수 있겠구나.

그런데…
합격하고 두 달쯤 지났을 때, 학교에서 메일이 왔다.
교환학생 취소.

탈락이 아니었다. 프로그램 자체가 전면 취소됐다는 소식이었다.

2020년, 코로나가 세상을 지배했다.

원래는 미국으로 지원하려고 했는데, 폭동이 일어났다는 이야기가 들려서 호주로 목적지를 바꿨다. 호주는 상대적으로 대응을 잘하고 있었고, 일상생활이 가능해 보였다. 호주 대학에 합격했다. 이번에는 진짜 되는 줄 알았다.

그런데 코로나에 정말로 잘 대응하던 호주는 국경을 완전히 봉쇄해버렸다.

어이가 없었다.
허무함이 먼저 왔고, 그다음은 허탈함이었다.

무엇보다 분했던 것은 원망할 곳이 없다는 사실이었다.
이것은 내 잘못도 아니고, 남의 잘못도 아니다.

그냥…
그냥 일어난 일이었다.

'나'를 팔아보기

무기력했다.
세상에는 내가 노력해도 안 되는 게 있구나.

심리적인 좌절도 아팠지만, 현실적인 문제는 더 컸다. 1년이 통째로 비어버린 것이다. 나는 그 1년을 이미 '없는 시간'으로 처리해버린 상태였다.

당시 나는 ROTC 후보생이었다. 교환학생을 가면 군사훈련을 받을 수 없어서 1년을 쉬어야 했다. 그래서 이미 큰마음 먹고 휴학계를 냈다. 그런데 교환학생이 취소됐다.

ROTC 규정상 복학도 불가능했다.
그러니까 나는, 그냥 붕 떠버린 거다.

졸업도 1년 늦어졌다.

임관도 1년 늦어졌다.

생계를 이어가던 아르바이트도 교환학생 일정에 맞춰 정리해놨다.

그냥 조용히 학교나 다녔으면 아무 걱정이 없었을 텐데.

괜히 나대다가 일을 만든 것 같았다.

패배감에 찌들었다.

그리고 그 패배감은 금방 억울함으로 바뀌었다.

아무리 생각해도, 내가 잘못한 것은 없다.

상황은 벌어졌지만, 이까짓 것 극복하면 그만이다.

나는 이미 해봤다. 던져지면 살아남는 것을.

무엇보다, 축 처져 있는 내 모습을

아빠가 좋아할 것 같지 않았다.

그래서 나에게 부여된 1년을, 어떻게든 값지게 만들기로 했다. 당장 할 수 있는 일들을 찾았다. 생계를 이어갈 수 있는 일이야 얼마든지 있었다. 막노동해도 되고, 편의점 아르바이트를 해도 된다. 20대 초반 건강한 청년이 의지가 있는데, 굶어 죽을 리는 없다.

그런데… 그것으로는 부족했다.

이상하게도.

교환학생 경험보다 더 가치 있는 것을 해내야

직성이 풀릴 것 같았다.

그래서 장학금, 대외활동, 공모전에 닥치는 대로 지원하기 시작했다. 마음을 바꿔 먹은 첫 한 달 동안 10개가 넘는 서류를 냈다. 매일 자소서를 썼다. 찾아보면 대학생이 할 수 있는 일이 정말 많았다.

그 과정에서 조금씩 느끼기 시작했다.
나의 이야기가 통한다.

아버지를 잃었음에도 어떻게든 살아가고 있는 지금의 내가, 누군가에게는 자극이 될 수도 있겠다는 생각. 처음에는 좀 낯간지러웠는데, 계속하다 보니까 확신이 생겼다.

'오늘러닝'이라는 플랫폼을 만들었다.
온라인 마라톤 대회를 열고 참가비를 모아 저소득층 아이들에게 기부했다. 공모전의 일환이었다. 학교 선배가 "관심 있냐?"라고 물었고, 나는 바로 하겠다고 했다.

당시는 코로나로 단체활동이 어려웠다. 사람들의 심리적 고립이 사회문제로 떠올랐다. 그렇다면 온라인으로 사람을 모아보면 어떨까. 누구나 할 수 있는 '달리기'를 좋아하는 사람들을 모아 팀을 만들고, '아이들을 위한 기부'라는 목표를 향해 함께 달리게 하는 것.

반응은 폭발적이었다.
참가자가 몰렸고, 대기업 후원도 들어왔다.

그리고 나는 그때 처음으로 '과정 자체가 재미있다'라는 감각을 확실히 느꼈다.

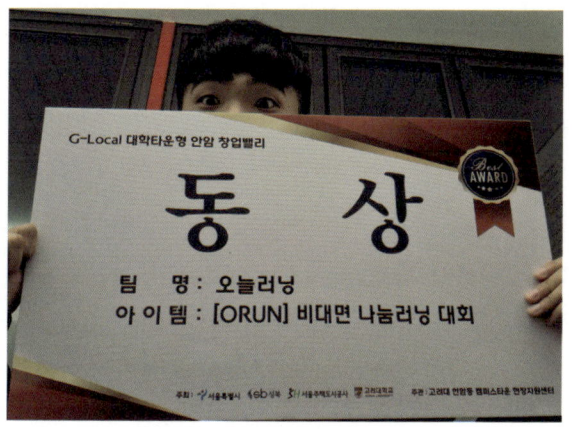

좋아하는 일을 했는데 상을 받았다.

기부 대상을 '저소득층 아이들'로 잡은 것도 이유가 있었다. 그것은 그냥 좋은 말이 아니라, 내 이야기였다. 아빠가 암 투병을 하면서 우리 가족은 차도 팔고 집도 팔았다.

제도적인 도움을 받아보려고 인터넷에 '아버지 암'을 검색해봤다. 그런데 거기에는… 내가 몰랐던 세계가 있었다.

중학생이 글을 써놨다.
고등학생도 글을 써놨다.

"제가 중2인데요. 아빠가 암에 걸렸어요. 엄마는 원래 없고 여동생은 초등학생인데, 뭘 어떻게 해야 할지 모르겠어요."

이런 글이 한두 개가 아니었다.

나는 내가 엄청난 비극을 겪은 줄 알았다. 갑자기 일어났고 힘들었으니까. 그래서 이 상황을 버텨낸 나를 꽤 자랑스러워했다.

그런데 아닐 수도 있더라.

애초에 부모님 두 분이 계시고, 정서적으로 안정적인 집안에서 자란 것 자체가 행운이었다. 절대로 당연한 게 아니었다. 나는 어려움을 겪고 나서야 그것을 알았다.

시간이 흐르고, 졸업을 앞두게 됐다.
나는 '포나 프로젝트'를 기획했다. 졸업을 앞둔 학생들에게 스냅 사진을 찍어주고, 비용을 기부금으로 받아 아이들에게 전달하는 방식이었다.
이번에도 나는… 나를 팔았다.
내 이야기를 꺼냈고, 사람들이 할 수 있는 일을 알려줬다.

포나 프로젝트

일주일 동안 30명 넘는 학우들이 동참했다. 삼삼오오 모인 기부금은 학교 근처 아동그룹홈에 전달했다. 그 과정을 정리해 올린 글은 학교 포털 인기 게시글 1위를 찍었다.

조금씩 확신이 생겼다.

내가 직접 겪어낸 이야기.
그것을 모아 사람들에게 보여주는 과정.

이게 생각보다 너무 재미있었다.
'이런 일이라면 평생 할 수 있겠는데?'

프로젝트가 끝난 뒤, 과 친구의 졸업사진을 찍어주고 있었다. 그때 교내신문 기자가 다가와 친구에게 물었다.

"졸업생 인터뷰 가능하세요?"

친구는 부끄럽다고 거절했다.
나는 기자에게 다가갔다.
나를 인터뷰하라고 했다.

나도 곧 졸업하는 학생이고, 이런 활동들을 했다고 말했다. 명함을 받았고, 그동안 했던 활동을 정리한 폴더를 보내줬다.

신기했다.
분명 3년 전의 어리고 내성적이었던 서성구는
절대 할 수 없었던 행동이었다.

그간 쌓아왔던 경험이 자기 확신이라는 결과를 만들어낸
광경이었다.

짤막하게 실릴 줄 알았던 인터뷰는
교내신문 한 페이지에 대문짝만 하게 실렸다.

어머니가 특히 좋아하셨던 신문 기사
출처 : 〈고대신문〉

2장

나는 왜 자꾸 도망치듯
앞으로 갔을까

반에 한 명씩 있는
까만 애

점심시간만 되면 운동장으로 나갔다. 땀을 뻘뻘 흘리며 뛰어다녔다. 얼굴이 까맣게 타서 교실로 들어오면 땀 냄새가 폴폴 났다. 학창 시절 반에 꼭 한 명씩 있던 까만 애. 그게 나였다.

중학교 2학년. 지금이랑 똑같이 생겼다.

운동이 좋았고, 공부는 싫었다. 싫다기보다는… 해야 할 이유를 못 느꼈다. 그래서 안 했다. 엄마는 학업에 관심이 많았다. 과외도 시켜줬고 학원도 보내줬다. 나는 다니는 척만 했다. 몸은 학원에 있었는데, 정신은 늘 밖에 있었다. 결국 부모님이 먼저 포기했다.

"너는 그냥 건강하게만 자라다오."
그것이 나에게 바라는 전부였다.

그렇게 고등학생이 됐다.
3년 내내 장래 희망란에 '체육교사'라고 적었다. 진짜로 교사가 되고 싶었다기보다는 운동이랑 관련 있고, 장래 희망란에 적기 그럴싸한 직업 중 내가 아는 게 그것밖에 없었다.

그래도 꽤 마음에 들었다. 친구들에게 운동을 가르쳐줄 때, 내가 조금 더 활발해지는 모습이 좋았다. 나도 이런 사람이 될 수 있구나 싶었다. 그래서 진짜로 체육교육과에 가보기로 했다.

고등학교 3학년 3월, 첫 모의고사를 쳤다.
성적은 5등급.

체육교육과는커녕, 제대로 된 체육학과도 힘든 점수였다. 평소 승부욕이 있는 편이라 공부는 안 해도 시험문제는 집중해서 풀곤 했다. 고2 때까지는 끝까지 풀기만 해도 4등급은 나왔다. 그런데 고3은 달랐다. 입시가 걸린 시험에서 승부욕만으로 점수가 나오지는 않았다.

그래서 공부를 시작했다. 이유는 단순했다.
나는 체육교육과에 가고 싶다.

점수가 안 된다.
점수를 올리려면 공부해야 한다.
그래서 한다.

이전에도 '하기 싫어서' 안 했던 게 아니다. '할 필요를 못 느껴서' 안 했던 거다. 그래서 19살 3월에 인생 처음으로 '공부'라는 것을 스스로 하기 시작했다.

그런데, 방법을 몰랐다.

마침 같은 반에 전교 1등이 있었다.
나는 그 친구를 졸졸 따라다니기 시작했다. 친구가 공부하면 나도 공부하고, 화장실 가면 나도 가고, 턱 괴면 나도 괴고, 다리 떨면 나도 같이 떨었다.

공부는 어려웠지만 따라 하는 것은 어렵지 않았다. 밖에서 뛰어다니던 체력이 있어서인지, 오래 앉아 있는 게 생각보다 덜 힘들었다. 물론 답답하기는 했다. 그래도 분명한 목표가 생겼고, 그 목표는 남이 아닌 내가 만든 목표였기 때문에 견딜 만했다.

효과는 굉장했다.
6월 모의고사에서 평균 4등급까지 올라갔다(수학은 제외. 나는 수포자였다).

당연한 소리지만, 꾸준히 하기만 해도 4등급은 나왔다. 수험생 중 상위 40%라는 말인데, 반 이상은 공부 자체를 안 한다. 하는 척 말고, 진짜로 엉덩이를 의자에 붙이고 묵묵하게 하는 사람은 생각보다 많지 않다. 그 사실이 그때 처음 실감 났다.

승승장구였다. 9월에는 3등급. 10월에는 2등급. 그때는 진짜로 자신감이 하늘을 찔렀다. 내가 정한 목표를 향해 움직이면 바뀌는구나. 내가 좋아하던 운동 말고도, 공부에도 이 방식이 통하는구나.

그리고 다가온 대망의 수능 시험 날.
목표는 1등급이었다.

그동안 쭉쭉 올라왔으니, 화룡점정을 찍고 서울에 있는 체육교육과에 진학하겠다는 야망이 불타올랐다. 그런데 그 열망은 1교시 국어 시험을 보자마자 박살이 났다. 국어가 너무 어렵게 나왔다. 시간 안에 문제를 다 못 풀어서 10문제를 찍었다.

결과는 5등급.
그것도 6등급에 가까운 아주 낮은 5등급.
인생 최저점을 수능 날에 찍어버렸다.

영어나 탐구는 무난했다. 결국 국영탐 평균 4등급을 받고, 집에서 가까운 체대에 진학하게 됐다. 영남대학교 특수체육교육과였는데 목표했던 체육교육과는 아니었다. 그래도 학과 내에서 성적을 잘 유지하면 체육교육사 자격증도 받을 수 있는, 나름의 메리트가 있는 학과였다.

부모님은 만족했고,
나는 좌절했다.

일단 대학에 갔다. 전혀 성에 차지 않았지만, 받아들여야 했다.
이상과 현실은 다르니까.

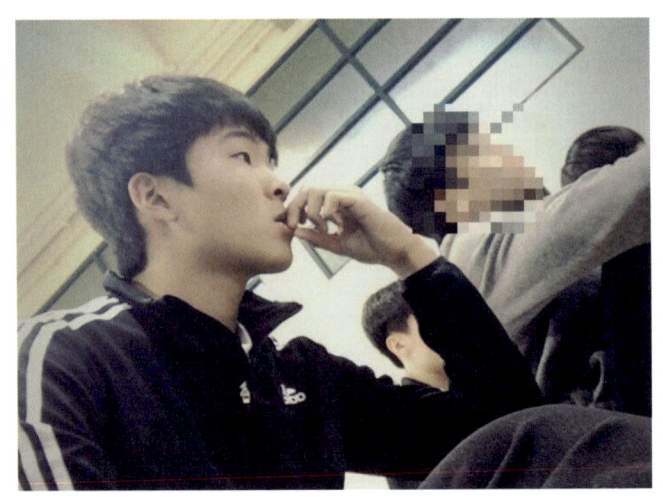

신입생 오리엔테이션 때

천재는 무슨.
나는 그냥 평범한 까만 애였구나.

그런데 마음 한구석에 계속 질문이 남아 있었다.

정말 여기까지가 맞나?

어차피 돌아가지
않을 거니까

자퇴했다.
대학에 들어간 지 3개월 만이었다.

5월 5일. 어린이날을 기념해서인지(?) 나는 아주 화끈하게 저질렀다.

이유는 단순했다. 아무리 생각해도 내 역량은 이것 이상이라고 느꼈다.
단순히 '더 좋은 대학'에 가고 싶은 게 아니었다. 촌에서 나고 자란 내가
'좋은 대학, 좋은 학과, 취업률' 같은 단어를 좇았을 리 없었다.

그냥… 느낌이었다.
아주 막연하게, 더 넓은 곳으로 나아가고 싶었다.

체육교육과, 흔히 말하는 체대에는 특유의 문화가 있다. 당시 우리 학
교에는 '신입생은 아침 7시까지 과실에 모여 선배에게 인사한다' 같은

규율이 있었다. 첫 학기 3월 내내 새벽에 일어나 부리나케 과실로 달려 갔다. 정자세로 앉아 있다가 선배가 들어오면 인사를 했다.

이게 뭐 하는 거지, 싶었다. 사실 그 정도는 참을 수 있었다. 선배들도 다 겪어낸 일이고, 내게 직접적인 해를 가하는 것도 아니니까. 진짜 문제는 따로 있었다. 닮고 싶은 선배가 없었다.

대학에 들어온 이유는 공부하기 위해, 공부하는 이유는 성장하기 위해, 그러면 몇 년 뒤 내 모습은 어떤 모습일까? 그 상상의 기준은 자연스럽게 '선배들'이었다. 이미 내가 겪을 과정을 겪어본 사람들. 그런데… 찾지 못했다.

내 3~4년 뒤의 모습이 저렇다면,
'과연 여기에 머물러도 괜찮을까?' 하는 위기감을 느꼈다.

마지막으로 한 가지. 나는 어디까지나 운동이 좋아서 체육교육과에 온 사람이었다. 교사가 되겠다는 사명감이 있었던 것도 아니었다. 그런데 이곳을 졸업하면 체육교사 말고는 다른 길이 잘 보이지 않았다.

교사도 좋은 직업이다. 그런데 나는 그것을 '지금' 정하고 싶지 않았다. 고작 20살의 시점으로 내 앞날을 확정해버리기에는, 아직 내가, 나의 잠재력이 너무 아까웠다. 나는 말도 안 되게 성장하고 싶었는데, 여기서는 그게 보이지 않았다.

그래서 행동으로 옮겼다.
영남대학교 호숫가에 앉아 엄마에게 전화를 걸었다. 재수하겠다고 말했다. 엄마는 생각보다 무덤덤했다. 하고 싶은 대로 하라고 했다. 어차피 네가 결정하고, 네가 선택하는 거니까.

오케이. 재수 허락.

나는 수능 문제집을 샀고, 반수를 시작했다. 아침에는 도서관에서 수능 공부를 하고, 그다음에는 학교생활을 했다. 학교에 소속되어 있다는 안정감도 느끼고, 동시에 '재수'라는 도전도 하고. 나쁘지 않았다.

그러던 어느 날, 친구와 전화했다. 고등학교 3학년 때 내가 졸졸 따라 다녔던 전교 1등 친구였다. 반수 한다고 하니까 친구가 물었다.

"왜 학교 다니면서 수능 공부를 해? 만약 실패하면, 너 그 학교로 다시 돌아갈 거야?"

그 질문에 머리가 멈췄다.

실패하면… 돌아갈까?
생각해봤는데, 돌아갈 생각이 없었다.
0%였다.
그러면 차라리 자퇴하는 게 낫지 않을까.

결심했다. 자퇴.
어차피 돌아가지 않을 거니까.

그리고 솔직히, 이게 더 강력한 동기가 될 것 같았다. 과정이 순탄하지 않을 게 뻔하니까. 분명 멈추고 싶어지는 순간이 올 텐데, 그때 내가 버틸 수 있을까. 확신이 없었다.

그래서 확실하게 만들기로 했다.

다시 엄마에게 전화해 자퇴하겠다고 통보했다. 엄마의 대답은 이번에도 같았다. 하고 싶은 대로 하라고. 대신 책임도 네가 지라고.

떨렸다.

과 동기들에게 자퇴를 말할 때,
서류를 들고 학과장실에 들어갈 때,
도장을 받고 나올 때,
본관 행정실 문 앞에 섰을 때.

분명 두려움에 떨고 있었다.

그런데 한 가지는 확실했다.

결과가 어떻게 되든, 적어도 '내가 내 인생을 운전하고 있다'라는 느낌은 있었으니까. 실패하면 그때 생각하면 된다. 어차피 안 죽는다. 그리고 나는… 성공할 거니까.

그렇게 나의 두 번째 수능이자, 인생 첫 번째 '진짜 도전'이 시작됐다.

삼수생 서성구

집 앞 도서관을 다니기 시작했다. 아침 7시에 일어나서 8시까지 출근하듯 도서관에 갔다. 저녁이 되면 집으로 돌아왔다. 생활은 단조로웠지만 나쁘지 않았다.

공부 자체가 재미있지는 않았다. 대신 두근거림이 있었다. '내 선택으로 무언가를 해본다'라는 두근거림. 게다가 봄이라 날씨도 좋았다. 이상하게 그게 도움이 됐다.

성적도 조금씩 올랐다. 사실 더 내려갈 데가 없었던 성적이니, 오르면 오르는 게 당연했다. 그렇게 수험생활은 순조롭게 흘러가는 듯 보였다.

수능 전날, 가족들에게 문자를 보냈다.
"화이팅, 힘내" 같은 말을 하지 말라고.
떨림을 숨기기 위해 고안한 방법이었다.

수능은 나쁘지 않았다. 대단히 높은 점수는 아니었지만, 목표를 이루기에는 무난한 성적이었다. 그렇게 두 번째 수능을 마치고, 체대 실기를 준비하기 시작했다.

***

3개월 뒤
지원한 3개 대학에서 모두 불합격했다.

실기가 문제였다.

나는 6개월 넘게 운동을 쉬고 공부만 했다. 운동이라면 자신 있었고, 부족한 공부부터 채우고 실기는 나중에 해도 된다고 생각했다. 그런데 굳어버린 몸을 끌어올리는 데만 3개월이 걸렸다. 결국 지원한 3개 대학 모두에서 최하 실기 점수를 받아버렸다.

좌절했다. 그런데 좌절만 하고 있을 여유가 없었다. 아빠는 군대부터 갔다 오라고 했다. 하지만 그것은 선택이라기보다 도피처럼 느껴졌다. 엄마는 늘 그랬듯 내 선택을 존중하겠다고 했다.

어차피 돌아갈 곳이 없었다. 다행히 내 안에는 아직 '한 번 더 덤벼보고 싶다'라는 게 남아 있었다.

그래서 세 번째 수능을 준비했다.
무려 삼수생이 되어버린 것이다.

삼수 때 내가 가장 공을 들인 것은 '나 파악하기'였다. 객관적으로 내

문제가 뭔지, 내 수준이 어디까지인지, 정확히 인정하는 것. 실패를 두 번 겪어본 사람의 장점이었다. 무서울 정도로 냉정해질 수 있다는 것.

나는 기본기가 없었다. 그래서 교과서, 개념, 기초부터 다시 했다. 밤 늦게까지 늘어지는 방식도 버렸다. 딱 아침부터 저녁까지만 집중해서 했다.

실기도 마찬가지였다. 직전에 몰아서 하는 방식이 아니라, 3월부터 차근차근 올렸다. 이미 한번 망해봤으니 똑같이만 안 하면 됐다.

주말에는 집 근처 다이소에서 아르바이트했다. 삼수할 거면 생활비는 직접 벌겠다는 아빠와의 약속 때문이었다. 선택도 스스로, 책임도 스스로. 그 철학은 꽤 잔인했지만, 이상하게 도움이 됐다. 주말에 공부를 못 하니 평일에 집중이 더 됐고, 책상 밖으로 나가 사람을 보고 말을 한다는 게 멘탈을 지켜줬다. 무엇보다 최소한의 밥값은 하고 있다는 느낌이 나를 버티게 했다.

그렇게 다시 1년을 보냈다.
성적은 아주 조금씩, 그러나 꾸준히 올랐다.

나의 수준에 맞는 공부를 했고, 내가 할 수 있는 만큼만 했기 때문에 슬럼프도 크게 오지 않았다. 그렇게 세 번째 수능을 맞이했고, 목표했던 대학에 지원할 수 있는 성적을 받았다.

목표는 중앙대학교였다. 성적도, 실기도 적절히 준비되어 있었다. 실기장 첫 종목은 '높이뛰기'였다. 그런데 실수했고, 최하 점수를 받았으며, 탈락했다.

우울해할 시간도 없었다. 다음 학교를 준비했다. 고려대학교. 지원자 중 성적이 낮은 편이었다. 그런데 실기장에 들어가는 순간, 이유 없는 자신감이 올라왔다. 그리고 기대 이상의 점수를 받아냈다.

최종 결과는 후보 9번.
입시 결과를 보면 불합격할 가능성이 높은 번호였다.

그래도 후회는 없었다. 똑같이 다시 하라고 하면 절대 못 할 만큼, 하나도 아쉬움이 없는 1년을 보냈기 때문이다. 나는 정말 최선을 다했고, 간절했으며, 잘 버텼다.

그리고 몇 주 뒤, 합격자 중 꼴등으로 고려대학교 체육교육과에 합격했다는 소식을 들었다.

이 경험은 하나를 분명하게 남겼다. 만약 실패해도, 처음부터 다시 시작하면 된다는 것. 그리고 나는 그 과정을 견딜 수 있는 사람인 것.

이 믿음이, 나를 계속 세상 밖으로 밀어내기 시작했다.

삼수 끝에
고려대학교 합격

꿈을 꾸는 기분이었다.
내가 무려 고려대학교 학생이라니.

학교 이름이 주는 값싼 기쁨 때문은 아니었다. 내가 막연하게 동경해왔던 곳. 그 동경을 현실로 만들기 위해 3년 동안 스스로를 갈아 넣은 시간. 그리고 마침내 이뤄낸 성취. 그 모든 게 한 점으로 모인 끝에, 나는 명문대 교정을 일상처럼 드나들게 됐다.

처음에는 그냥 걸어 다니는 것만으로도 행복했다.
그런데… 그 행복은 딱 2주 가더라.
정확히 2주.

예뻐 보이던 건물은 어느새 수업 듣는 공간이 됐고, 과 잠바를 입고 학교를 돌아다닌다고 인생이 달라지지는 않았다. 어른들이 말하던 '좋은 대학교', 그 목표를 향해 열심히 달려왔다. 이제는 인생이 쫙 풀릴 줄 알았다.

하지만 그런 것은 없었다.
대학교 합격은 끝이 아닌 새로운 시작에 불과했다.

그래도 한 가지는 확실했다.
무대가 넓어졌다는 것.

지금의 나는 아무것도 아니었다. 반대로 말하면, 아무것도 아니니까 뭐든 해볼 수 있었다. 높고 넓게, 내가 닿을 수 있는 세상이 반짝거리며 펼쳐져 있었다.

그래서 뭐든 했다. 진짜로 뭐든 해봤다. 아까웠다. 내가 그냥저냥 살아서 이 기회를 얻은 게 아니잖아. 엄청난 노력과… 엄청난 운도 따라온 결과였잖아. 졸업장 하나만 받으려고 8학기를 보내는 것은 엄청난 손해였다.

동아리, 대외활동, 창업도 해봤다. 여행도 많이 다녔다. '대학생'이라는 이름으로 할 수 있는 것은 웬만하면 다 도전했다.

그렇게 촌을 떠나 서울로 온 지 5년이 지났고, 나는 영남대학교를 자퇴한 사람이자 고려대학교를 졸업한 사람이 됐다.

그 과정에서 느낀 게 있다.

첫 번째, 꿈의 크기.

여기에는 최소한 공부에 있어 '성공 경험'이 있는 사람들이 많았다. 그래서인지 기본값이 다르다. 웬만한 것은 할 수 있다고 믿는다. 그래서 크게 꿈꾸고, 크게 도전한다.

두 번째, 당연함.
이 사람들은 목표를 설정하고 유지하는 생활을 오래 해왔다. 내일부터 영어 단어 100개 외우겠다고 말하면 정말 외운다. 다이어트를 한다고 하면 정말 살을 뺀다. 도전과 성취가 '특별한 이벤트'가 아니라 이들에게는 당연함이었다.

세 번째, 성공(?).
그래서 고려대학교에서 만난 친구들이 더 잘 살까? 그것은 아니다. 어디든 결국 하기 나름이다. 각자 자기만의 성공과 행복이 있다.

다만 나는, '크게 꿈꾸고, 일단 시작하는 사람들'과 있을 때 더 큰 자극을 받는 사람이었다. 그래서 여기가 좋았다.

예를 들면, '오늘러닝'이라는 이름의 대학생 창업에 도전했을 때, 학교 선배였던 대표님의 비전이 '한국의 모든 학교에 기부하고, 그다음 미국에 지사를 설립한다'였다. 선배도, 나도 그게 당연히 가능하다고 생각했다. 이런 생각들이 무엇보다 설레고 즐거웠다.

영남대학교를 자퇴하고 고려대학교에 갔다. 그리고 졸업했다. 이 시간은 내 삶에 큰 영향을 줬다. 내가 어떤 사람이 되고 싶은지, 실제로 뭘 좋아하는지, 어떤 삶을 향해 나아가야 하는지. 그게 꽤 또렷해졌다.

환경이 바뀌면 시야가 바뀐다.

시야가 바뀌면 선택이 달라진다.
이 명확한 사실을, 나는 매일 체감했다.

그래서 머물지 않기로 했다.
지금 당장은 어려울 수도 있다.
그런데 언젠가 기회가 다시 왔을 때, 가장 강력한 모습으로 움켜잡는다.

나는 나를…
더 큰 세상으로 던져보기로 했다.

대학 졸업. 생각에 확신을 칠했던 5년

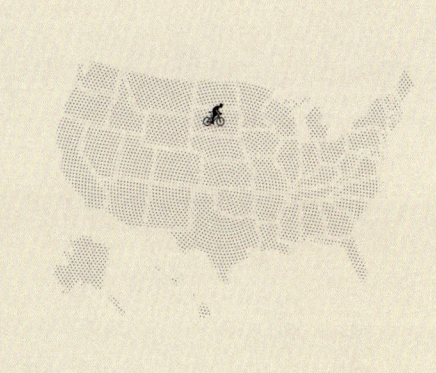

3장

세상에
나를 던지다

Riding Across America: 5,000km on a Bicycle

전역 다음 날
국토 종주

나는 한동안 '뭐든 할 수 있다'에 취해 있었다.

어려움은 있었지만 어쨌든 극복했고, 내 이야기가 세상에 통한다는 것도 알게 됐다. 어쩌면… 하고 싶은 일로 당장 먹고살 수도 있겠다는 착각까지 했다.

바로 그 타이밍에 입대했다(ROTC는 졸업과 동시에 장교로 임관해 군대에 가야 한다).

군대는 규율과 질서를 제일 중요하게 여긴다. 새로움을 만드는 곳이 아니라, 이미 정해진 방식을 지키는 곳이다. '무에서 유를 만드는' 것을 좋아하던 내 성향과는 정반대였다.

그런데 어차피 가야 한다.
대한민국 신체 건강한 남성이면 피할 수 없는 코스다.

그럼 기왕 가는 2년이라면, 이 기간도 가장 값지게 써보고 싶었다. 그래서 굳이 해병대에 자원했다.

최고의 선택이었다. 물론 종종 내 가치관이랑 안 맞는 일을 겪기도 했다. 그래도 그 또한 경험이었다. 주어진 상황에서 내가 할 수 있는 것을 찾아내는 것. 그게 내가 제일 잘하는 일이다. 무엇보다도 해병대라는 환경이 선사하는 혹독함은 나를 신체적으로, 정신적으로 한 번 더 단단하게 만들었다.

그렇게 2년간의 의무복무를 마치고,
나는 정말로 세상에 나를 던지기 시작했다.

내가 전역하고 처음으로 한 일은 '국토 종주'였다. 전역 바로 다음 날, 김포에서 포항까지 군복을 입고 걸어갔다. 내가 실제 복무했던 대한민국 서쪽 끝 김포에서 출발해서, 해병대 기초훈련을 받았던 대한민국 동쪽 끝 포항까지. 하루 50km씩, 11일 안에 도착하는 계획을 세웠다.

진짜 대장정이었다.
너무 두려웠다. 체력이 걱정되는 것은 아니었다. 걷는 거야 하루 종일도 할 수 있다. 정신적인 두려움이 컸다. 내가 이것을 '진짜로' 해낼 수 있냐는 거였다.

출발 전날 새벽 4시까지 잠이 안 왔다.
머릿속이 시끄러웠다.

이게 가능할까?
사람들이 이상하게 보면 어떡하지?

중간에 포기하면?
내가 생각한 대로 세상이 안 돌아가면?

겁이 났다. 해본 적이 없었으니까.

전역 후 첫 도전으로 국토 종주를 택한 이유는 명확했다. 나는 '몸으로 고생하는 도전'에 강하다고 믿었기 때문이다.

대학생 때 카자흐스탄에서 조난당했던 일도, 오늘러닝 플랫폼도, 졸업 사진 프로젝트도. 심지어 아버지 암 투병 때 서울과 울산을 왕복했던 시간도. 다 몸으로 뛰고 발로 부딪히는 고생이 들어간 일이었다.

나는 말보다 행동이 먼저인 사람이다.
몸이 고생하면, 말이 힘을 얻는다.
그것을 나는 이미 배워버렸다.

그래서 계획은 이렇게 세웠다.

걸어서 국토 종주를 한다.
매일 사진과 영상을 찍어 SNS에 올린다.
후원금을 받아 경비를 충당하고, 남는 돈은 군인 자녀를 위해 기부한다. 그리고 이 과정을 통해 내가 느낀 해병대 정신을 세상에 알린다.

이것은 그냥 '걷기'가 아니었다.
2년 동안 열심히 고심해서 만든 나의 첫 번째 도전이었다.
나는 대학생도 아니고, 군인도 아니었다. 어디에도 소속되지 않은 사람이었다. 그래서 처음으로 '서성구'라는 이름으로 세상에 나가보고 싶었다.

진짜로, 세상에 나를 던지는 일이었다.

결과는… 대성공.

계획대로 11일 만에 포항에 도착했다. 중간에 부상당해서 군화를 벗고
운동화로 갈아 신기도 했고, 마지막 날은 예상보다 4시간 늦게 도착하
기도 했다. 그런데 그런 것은 사실 중요하지 않았다.

나는 생각했고,

실행했으며,

결과를 만들었다.

이번에도 나의 이야기를 직접 군에 제보했다.
출처: 〈국방일보〉

11일 동안 모인 후원금은 400만 원 정도. 그중 320만 원을 해병대 장학 재단에 기부할 수 있었다.

무엇보다 확신이 생겼다.
내 이야기는 세상에 통한다. 이것은 단순한 오락이 아니라, 분명 가치를 만들어낸다. 그러지 않고서야 사람들이 이렇게까지 응원할 리가 없지.

이집트 게스트하우스
스태프

몽골행 비행기 표를 찢었다.
대신 이집트행 비행기 표를 샀다.

몽골의 대자연이 궁금해서 몽골여행을 계획했다. 한 달 정도 지내면서
산도 오르고, 들에서 말도 타보는 낭만적인 계획을.

그러나 단 하나의 소식을 듣고, 모든 일정을 취소했다.

이집트에 사는 한국인 인플루언서가 게스트하우스를 차렸다고, 한 달
동안 숙박하면서 일할 스태프를 뽑는데, 조건은 간단했다. 체력 좋고,
튼튼하며, 도전적인 사람.

'완전 나잖아?'

그래서 지원했다. 공고를 본 즉시, 확신을 품고 지원했다. 수많은 경쟁자를 제치고 합격했다. 그렇게 세계여행 출발 일주일 전에 첫 행선지를 바꿔버렸다.

전역 후 계획한 두 번째 도전은 세계여행이었다.
가방 하나 메고 1년 동안 세계를 돌아다니는 야심 찬 여정. '두 번째'가 된 이유는 단순했다. 언젠가 해보고 싶었던 것인데, 지금이 적기라고 생각했기 때문이다.

방금 전역했다.
아직 취직 전이다.
군대에서 모아온 적금이 있다.
시간도, 체력도, 마음도 자유롭다.

세계여행 1년 치 짐

돈은 나중에도 모을 수 있다. 그런데 지금만큼 자유로운 시기가 다시 온다는 보장은 없었다. 그래서 떠났다.

여행의 목표는 딱 하나였다.
경험.

나라 수집? 기념품? 지도에 색칠? 그런 것은 관심 없었다. 나는 오롯이 새로운 경험이 필요했다. 더 나은 사람이 되고 싶었다. 더 강한 사람이 되고 싶었다. 어쩌면⋯ 뭐든 해낼 수 있는 사람이 되고 싶었던 것일 수도 있다.

'어디로' 가는지는 중요하지 않았다.
가서 '무엇을 하느냐'가 중요했다.
그래서 '이집트 게스트하우스 스태프 모집'이라는 문장 하나만 보고 행동할 수 있었던 것 같다(참고로 나의 MBTI는 대문자 I로, 많은 사람과 함께 있으면 힘들다. 그래서 극복해보고 싶었다).

새벽 5시.
이집트 샤름엘셰이크 공항 문을 열고 나왔는데
세상이 온통 갈색이었다. 낮고 길게 펼쳐진 갈색.
산과 들이 없고, 흙과 하늘만 있었다. 아, 산은 있구나. 흙산.

낯설다.
헛웃음이 나왔다.
내가 진짜 이집트에 오긴 했네.

최종 목적지 다합으로 가는 택시에 올랐다. 새벽 6시쯤 도착했다. 게스트하우스 사장님이 눈을 비비며 마중 나왔다. 하얗고 네모난 집. 색이 바랜 듯하지만 깔끔하게 정돈된 공간. 한 달 동안 내 집이자, 내 첫 세계 무대가 될 곳이었다.

이집트 다합에서의 일상은 생각보다 평화로웠다.
느지막이 일어나 바다에 들어가 헤엄치고,
점심 먹고 좀 쉬다가,
저녁에는 삼삼오오 모여 같이 밥해 먹고,
설거지 내기는 필수고,
밤에는 기타를 치고 노래를 부르거나 근처 카페에서 야경을 봤다.

게스트하우스 스태프 일도… 어색하지만, 서서히 적응해갔다(여담인데. 스태프 일은 내 적성이랑 정말 안 맞았다. 외향적인 척하며 손님을 받는 게 생각보다 너무 힘들더라. 3주 차부터는 '외향적인 척'도 하지 않았다).

매일 기타 소리에 맞춰 노래를 불렀다.

그런데 낯선 곳에 와서 새로운 행동을 통해 변화를 겪게 될 줄 알았던 가장 큰 경험은 의외로 '장소'가 아니었다.
'사람'이었다.

나는 한국에서, 친구들 사이에서 특이한 편이었다. 스펙 쌓기, 취업, 결혼과는 거리가 먼 선택을 해왔으니까. 비슷한 길을 걷는 사람이 주변에 거의 없었다.

그런데 다합의 한인 게스트하우스에서 매주 새로운 사람을 만나고 보니… 알게 됐다.

나는 보통이더라.
오히려 얌전한 편에 가깝더라.

세상에는 제멋대로 살아가는 사람이 너무나도 많았다.
버스킹하며 세계를 떠도는 형.
간호사를 그만두고 훌쩍 떠나온 친구.
벌써 세 번째 다합 여행 중인 누님.

그리고 가장 충격이었던 것은…
조그맣고 약해 보이는 여자애들이었다.

'도대체 어떻게 온 거지?'

게스트하우스 사장님 마오.
대학교를 때려치우고 아프리카 봉사를 갔다. 인도 축제를 즐기고 히말라야를 올랐다. 그리고 지금은 이집트에서 게스트하우스를 열었다.

꽃 모자를 즐겨 쓰는 은지. 더 조그맣다.

대학을 졸업하고 혼자 세계를 떠도는 중이었다. 그런데 은지는… 진짜 최약체 몸이었다. 내가 은지 아버지였으면 기절해서 뜯어말렸을 도전을, 꿋꿋하게 해나가고 있었다.

편견이 깨졌다.

세계여행은 분명 도전이다. 이 도전에서 필요한 요건은 체력이었다. 상대적인 약자가 되는 타지에서, 본인의 몸과 마음을 스스로 지켜내야 하기 때문이다. 나는 덩치 큰 남자고, 운동도 꾸준히 했다. 그래서 용기를 내기 쉬웠다. 그래서 도전은 나 같은 사람들만 하는 줄 알았다.

하지만 전혀 아니었다.

도전은 몸보다 마음이었다. 물론 현실적인 여건도 중요하다. 그런데 핵심은 아니었다. 다합에서의 한 달은 단순한 여행이 아니었다. 내가 믿고 있던 세상이 얼마나 좁았는지, 처음으로 목격한 시간이었다.

'나도 이렇게 살아도 되겠구나.'

작은 확신이 슬며시 심어졌다.

케냐 마라톤 마을
한 달 살기

이집트 다합 생활이 익숙해질 때쯤, 이상한 불안이 왔다.
분명 편안하고 안락하다. 보통은 이럴 때 행복해야 한다.

그런데 나는 뭔가를 놓치고 있었다.

생각해보자. 내가 왜 세계여행을 왔지?
편안하려고?
안락함을 누리려고?
아니다. 나는 나를 던져보려고, 새로움을 경험하려고 떠나왔다.

그런데 지금은… 살아가는 데 아무 문제가 없다.
그게 문제였다.

편안함이 목표였으면 한국 집에서 뒹굴면 된다. 물론 사람들로부터 얻은 깨달음도 있었다. 그런데 그것은 어디까지나 '그들의 이야기'였다.
나는 내 몸으로 뭔가를 해보고 싶었다.

아프리카 케냐행 비행기를 끊었다.
시기상 몇 주만 더 기다리면 비행깃값이 훨씬 낮아짐에도 불구하고, 지
금 당장 떠나기로 했다. 변화가 필요하다고 느꼈을 때 행동하지 않으
면, 절대 못 바뀐다. 생각은 힘이 약하다. 그리고 나는 그것을 너무 많
이 겪어봤다.

그렇게 정확히 게스트하우스 한 달 차가 되던 날, 다합을 떠났다.

이별은 어렵지만, 해야만 했다.

아프리카 케냐를 간 이유는 또 단순했다.

그냥 막연히 가보고 싶었던 곳이었다. 군대에서 체력단련을 위해 러닝을 시작했다. 마라톤에 빠졌고, 《마인드풀 러닝》이라는 책을 읽었다. 김성우라는 일반인 러너가 케냐의 마라톤 마을에서 지낸 이야기가 담겨 있었다.

케냐의 조그마한 마을 + 내가 좋아하는 마라톤.

이 조합은… 못 참지.

케냐의 수도 나이로비에 도착했다. 마타투라는 로컬 버스로 6시간을 달려 엘도레트에 내렸다. 다시 택시로 1시간. 케냐 시골이자 세계적인 마라토너를 배출한 성지, 이텐 마을에 도착했다.

나는 어떤 환경에서도 잘 지낼 줄 알았다.

지금까지는 그래왔으니까. 텔레비전에서만 보던 아프리카, 그것도 시골. 그런데 여기에는 배울 것도 있고, 내가 사랑하는 운동도 원 없이 할 수 있잖아.

그런데… 힘들었다.

생각보다 훨씬.

나를 쳐다보는 사람들의 시선이 부담스러웠다. 당연한 이야기지만, 이곳에는 동양인이 거의 없다. 그런데 웬 동양인 남자애가 민소매 하나 입고, 동네를 돌아다니니 시선이 쏠리는 것은 당연했다. '시간이 지나면 괜찮아지겠지'라고 생각했다.

그런데 그게 전부가 아니었다.

여자 선수들. 나보다 키는 작은데 보폭은 길다.

마음을 나눌 사람이 없었다. 한 달이나 있어야 하는데 대화 상대가 없다니. 그래서 친구를 만들려고 했다. 마침 헬스장 트레이너가 내 또래였다. 괜찮아질 줄 알았다. 하지만 아니더라.

약속된 일정 말고는 대부분 숙소에 틀어박혀 있었다.
못 해먹겠더라.

덩치 큰 흑인들이 나를 쳐다보는 것도 신경 쓰이고, 눅눅한 날씨도 싫고, 영어도 못하는데 케냐 영어는 더 못 알아듣겠고, 마음 잡고 달리러 나가도 고산지대가 주는 압박감은 생각보다 강력했다.

유일했던 친구 스왈리. 그러나 내가 마음을 열지 못했다.

뭐 하나 내 뜻대로 안 됐다.

나는 '환경에 던져지면 뭐든 극복하는 사람'인 줄 알았다.
그런데 극복은커녕 이불 밖으로 나가지를 않았다.

또 며칠은 괜찮아지기도 했다.
《마인드풀 러닝》 작가의 소개로, 고등학교 코치를 만나 스포츠와 인생
이야기를 나눴다. 세계 최고를 배출한 17년 차 코치라니 영광이었다.
트레이너 친구를 따라 현지인 집에도 놀러 갔다.

집이라기보다는 판자와 철판을 엮어 만든 구조물이었는데,
원룸만 한 공간에 여섯 가족이 살고 있었다.
내가 얼마나 좋은 환경에서 나고 자랐는지
뼈저리게 느끼는 순간이었다.

스왈리네 가족이 모여 살던 집. 아이가 셋이었다.

재미있었다가 우울했다가 감정이 극과 극으로 왔다 갔다 했다. 하루이
틀도 아니고 2주 내내 그랬다.

도대체 내 원래 모습은 뭘까를 고민하다 보니
아… 이거 학습된 거구나, 라는 깨달음이 왔다.

원래 나는 안전함을 추구하는 사람인데, 필요 때문에 도전이란 기술을
습득했었다. 안전하게 도전하고, 안전하게 실패하며, 다시 시도할 수
있는 환경에서 자라서 가능했던 것이었다. 아주 운 좋게 말이다.

허무했다. 나는 오로지 내 의지, 내 능력으로 성장한 줄 알았다. 케냐까
지 온 것도 내 성취라고 믿었다. 그런데 압도적으로 낯설고 어려운 환
경에 놓이니… 무너졌다.

어디까지가 내 것일까?
이 여행에서 얼마나 더 많은 것을 알게 될까?

이곳에서 더 이상 버틸 수 없다고 판단했다. 나의 마음이 그렇게 외치고 있었다.
환경에 적응하지 못하겠다면, 떠나는 것도 방법이겠지.

멋있어 보였던 '케냐 마라톤 마을 한 달 살기'를 포기하고, 다음 행선지로 이동했다.

고작 2주 만에.

실패한
산티아고 순례길

바뀐 일정으로 케냐에서 유럽으로 오는 비행깃값은 거의 100만 원이었다(비수기에는 30만 원도 안 한다).

이렇게 비싼 값을 내고, 유럽으로 온 이유는 하나였다.
꼭 가야 하는 곳이 있었기 때문이다.

산티아고 순례길.

프랑스에서 출발해 스페인으로 넘어가는 약 800km 길. 한국인 여행자들에게도 유명한 곳. 풍경과 이야기가 아름다운 곳. 오래전부터, 막연하게 세계여행을 꿈꾸던 시절부터 내 코스에 항상 들어 있던 곳이다.

그런데 순례길을 꼭 걸어야 하는 이유는 조금 복잡했다.

사실 세계여행은 내 꿈이 아니었다. 원래 내 꿈은 '부모님 세계여행 보내드리기'였다. 그런데 아빠가 돌아가시고, 그 목표는 '엄마와 여행 떠나기'로 바뀌었다.

그중 산티아고는 엄마의 오래된 버킷리스트였다. 나는 속으로 '무슨 일이 있어도 모시고 가야겠다'라고 다짐했다.

그런데 현실적으로 엄마는 직장을 다니고 있었고, 일을 계속하고 싶어 했다. 50대 중반에 장기 여행을 떠난다는 것은 은퇴에 가까운 일이니까.

그래서 나는 먼저 걸었다.
대신 내가 보고 듣고 느낀 것을 엄마에게 그대로 들려주기로 했다. 아빠에게 매일 사진을 보냈던 것처럼.

산티아고 순례길 피레네산맥

새벽 5시, 첫발을 내디뎠다.

1일 차 목표는 67km. 프랑스 생장에서 출발해 스페인의 팜플로나까지. 800km를 14일 만에 끝내겠다는 미친 계획이었다.

맞다. 14일.

나는 순례길을 '빠르게' 걷고 싶었다.
순례길을 사랑하는 사람들이 들으면 기겁할 소리다. 실제로 한국인의 대다수는 40~60대로, 약 800km를 걷는 데 못해도 30일은 넘게 걸린다. 하루 20~30km 걷고, 오후에는 쉬며, 길을 음미하고, 자연을 느끼며 나를 돌아보는 게 매력이다.

그런데 나는 다르게 하고 싶었다.

나에게 하루 20~30km 걷는 것은 도전이 아니었다. 이미 국토 종주 때 하루 50km를 걸어봤으니까. 풍경은 기대됐지만, 아프리카 대자연 속에서 달리다 온 나에게 '큰 자극'은 아니었다.

나는 강력한 동력이 필요했다.
그래서 더 고생하기로 했다.

배낭에 텐트와 비상식량을 한가득 넣은 채 순례길에 나를 던졌다. 식사 시간도 최소화하고, 잠은 최대한 걷다가 공터에서 캠핑한다는 계획. 사실상 산티아고 순례길 여행이 아니라 산티아고 행군이었다.

그런데 야심 찬 계획은 첫날부터 무너졌다.

여행지에서 만난 친구와 동행했다.
심지어 울산+해병대 출신.

67km는 커녕 50km도 못 걷겠더라. 완전한 계산 실패였다.
국토 종주는 배낭도 없었고, 대부분 평지였다.

그런데 순례길은 완벽한 자연이다. 산을 오르내리고, 들을 헤치고, 빙글빙글 돌아간다. 거기에 짐까지. 발걸음이 달라질 수밖에 없었다.

그래도 꾸역꾸역 걸었다.
진짜 하루 종일 걸었다.
해 뜨기 전에 출발해서 해 지기 직전에 멈췄다.
먹는 것도, 씻는 것도, 자는 것도 엉망이었다. 아무리 젊은 몸이라도 조금씩 망가졌다.

그렇게 19일을 걸어 산티아고 데 콤포스텔라 성당에 도착했다.
발에서는 피가 나고 있었다.

순례길 완주, 발에서는 피가 나고 있었다.

그런데 도착해서 든 생각은 이랬다.

'와… 내가 이거 보려고 여기까지 걸었나?'

진짜 별것 없었다. 멋지게 생긴 건물 하나.
유튜브에서는 누군가 울기도 하던데, 나는 눈물이 한 방울도 나오지 않
았다. 역시 결과가 주는 짜릿함은 크지 않았다.

대신 과정이 남았다.

아무것도 모르고 피레네를 넘던 1일 차,
숙소가 없어서 다리 밑에서 노숙하던 7일 차,
그리고 친구랑 싸웠던 18일 차.

이런 순간들이 더 진하게 남아 있었다.

그리고 이상하게도 확신이 생겼다.
나는 이런 것을 좋아하는구나.

몸은 망가지도록 힘들었는데, 정신은 충만했다. 19일간의 '순례길 행
군'이 뚜렷한 행복으로 남았다.

하지만 이상했다.

나는 목표도 달성 못했다. 14일이 아니라 19일이 걸렸으니까. 분명 실
패한 여정인데… 왜 나는 행복하지?

그때 알았다.

말도 안 되는 목표를 잡고,
일단 몸으로 부딪치고,
어려움을 겪고,
끝까지 꾸역꾸역 해내는 경험.

이 경험이 내게 주는 성취감은 거대했다. 단순한 기분이 아니라, 뚜렷한
성장감이었다.

앞으로 살면서 어떤 어려움을 겪어도, 하루 종일 순례길을 걷는 것보다
는 쉽지 않을까, 하는 믿음이 생겼다.

1년을 목표로 떠났던 세계여행은 출발한 지 100일도 안 됐는데 산티아
고 순례길을 끝으로 막을 내렸다.
돈도 거의 다 썼고, 몸도 망가져서 더 뭘 할 수가 없었다.

그런데 이상하게도, 머릿속에는 확신이 박혀버렸다.

나는 더 큰 도전도 해낼 수 있다.

다시 한국으로,
또다시 출발선

한국으로 돌아오니 현실은 생각보다 암담했다.
내 직업은 공식적으로 백수. 거기다 발도 망가져 있었다.

마음속에는 '새로운 도전'이 있었고, '약간의 확신'도 있었다. 그런데 현실을 먼저 살아내야 했다.

처음 2주는 아무것도 안 했다. 시차에 시달리며 올빼미처럼 살았다. 같이 사는 엄마가 새벽에 나가는 나를 보고 걱정할 정도였다. 순례길에서 몸을 혹사한 게 생각보다 컸다.

컨디션이 어느 정도 돌아오자마자, 헬스장 3개월권을 끊었다. 스터디 카페 100시간 정액권도 끊었다. 그렇게 하고 나니 통장에 딱 50만 원이 남았다.

이후 하루의 대부분을 영상 제작에 쏟았다. 남는 시간에는 운동했다.

한 달 동안 영상 20개를 올렸다. 산티아고 순례길을 '있는 그대로' 담아 냈다. 이 정도면 반응이 오겠지. 어쩌면 여행(영상)으로 먹고사는 게 가능할 수도 있겠지.

하지만 아무 일도 안 일어났다. 물론 반응은 '조금' 있었다. 그런데 내 일상을 바꾸기에는 턱없이 부족했다. 나는 여전히 무직 백수였다. 내 찬란했던 도전은 그냥 추억거리였다. 그리고 돈도 다 떨어졌다.

그래서 처음부터 다시 시작했다.

나는 젊잖아. 여기서 끝내기에는 내가 쌓은 시간과 확신이 너무 아까웠다. 일단 아르바이트를 구했다. 하루 9시간, 시급 10,030원. 남는 시간에는 계속 영상을 만들었다.

쉽지 않았다.

체력은 괜찮다. 종일 일하고 밤에 영상 만드는 거야 할 수 있다. 내가 좋아서 하는 일이기도 하니까.

그런데 멘탈이 힘들었다.

대학을 졸업했고 곧 30살인데, 그렇게 큰 소리로 도전을 외치고 다녔는데. 지금 엄마 집에 얹혀살면서 버는 돈은 최저시급이었다.

이게 뭐 하는 거지?

지금의 나를 설명할 문장이 없다는 게 괴로웠다. 너무 꿀렸다.

그래도 버텼다. 국토 종주도 버텼고, 이집트도 버텼으며, 순례길도 버텼다. 나를 세상에 던지는 데까지는 성공했다. 이제 남은 것은 이 이야기가 '진짜로 통한다'라는 것을 증명하는 것이었다.

딱 한 걸음만 더 나아가보자.

그리고 100일 뒤, 많은 게 바뀌어 있었다.

영상 하나가 알고리즘을 탔다. 사람들이 내 여행에 관심을 가지기 시작했다. 팔로워는 4,000명에서 14,000명으로 늘었다. 브랜드랑 파트너십을 맺으며, 여행으로 돈을 벌기 시작했다. 망가졌던 몸도, 마음도 돌아왔다.

신기했다. 솔직히 말하면, 나는 다 망한 줄 알았다. 여행이 끝났을 때 아무것도 이룬 게 없었으니까. 보통은 그것을 '젊은 날의 좋은 추억'으로 남기고 다시 현실로 돌아가니까.

그런데 끝은… 새로운 시작이었다.

경험의 결과보다 중요한 것은 그것을 어떻게 활용하느냐였다.
그리고 경험의 활용법은 경험하기 전에는 절대 모른다.

결국 답은 하나였다.

일단 나를 던져봐야 한다.

내 이야기가 세상에 닿기 시작했다. 그러자 자연스럽게 다음 질문이 떠올랐다.

그렇다면 나는…
어디까지 나를 던져볼 수 있을까?

생각만 해도 두렵다.
그런데 동시에 충분히 설렌다.

나는 다시, 새로운 도전을 꿈꾸기 시작했다.

4장

미국 5,000km 자전거 횡단. 불가능에 도전하다

Riding Across America: 5,000km on a Bicycle

오래된 계획을
실행에 옮기는 것

'미국 자전거 횡단'은
오래전 세웠던 버킷리스트였다.

미국이라는 나라에 대한 동경도 있었고, 드넓은 대지에 나를 던져보고
싶은 욕구도 있었다. 그런데 가장 단순하게, 가장 솔직하게 말하면…
그냥 해보고 싶었다.

2년 전 군대에서 유튜브를 봤다. 내 또래 남자가 자전거로 미국을 횡단
하고 있더라. 그것을 보고 생각했다.

'나도 하고 싶다.'

그래서 그 생각을 행동으로 옮기기로 했다.

아무리 계산해도 지금이 적기다. 체력도 있고, 시간도 있다. 도전을 꿈 꾸는 마음도 아직 살아 있다.

그런데 이게 평생 가는 게 아니라는 것을 나는 안다.

체력이나 시간은 가꾸기 나름일 수 있다.

그런데 '도전을 꿈꾸는 이 순수한 열망'은 유통기한이 있다.

그게 너무 아까웠다.

그래서 돈을 모으기 시작했다. 보통 1,000만 원은 넘게 든다길래, 나는 딱 500만 원만 모으기로 했다. 출발만 하면 나머지는 어떻게든 되겠지. 늘 그래왔으니까.

일을 2개를 더 구했다.

열심히 살기 시작했다.

한 달에 100만 원씩, 5개월 뒤 출발(신체 건강한 20대 청년이 할 수 있는 일은 차고 넘친다).

순조롭게 흘러갔다. 일도 하고 영상도 만들면서, 당장 할 수 있는 도전도 같이 했다. 3월에는 엄마를 모시고 올레길을 걸었고, 4월에는 혼자 100km 걷기에 도전했고, 5월에는 자전거로 대전에서 부산까지 가보기도 했다.

일하는 것도 재미있었다. 체육교육이라는 전공을 살려 학교에서 아이들을 가르쳤다. 아이들이 주는 에너지도 좋았고, 내가 그들에게 무언가를 알려줄 수 있다는 사실이 기뻤다. 무엇보다 '학교'라는 집단이 주는 안정감이 나를 편안하게 만들었다.

그래서 고민이 시작됐다.
지금의 일상도 괜찮은 것 같았기 때문이다.

좋아하는 일을 하면서 돈도 벌고, 주말에는 소소하게 도전도 하고, 지금 삶에서 분명한 행복감을 느꼈다.

그런데 미국 횡단을 하려면, 이것을 다 포기해야 한다.
소속감, 안정적인 수입, 익숙한 루틴.
대신 새로운 불안감이 온다.

일상은 어떻게 살아갈지.
나를 뭐라고 설명해야 할지.
정말 많이 고민했다.

'아… 그냥 여름방학에 갔다 오는 작은 도전으로 바꿀까?'

그때 다시 물었다.

내가 왜 미국 횡단을 하려고 했지?

1. 혼자 하는 장기간 여행 : 내가 왜 여행을 좋아했지? 나에 대해 관찰할 수 있어서. 성장할 수 있어서. 하던 거 계속해야지.

2. 도전 : 솔직히 요즘 하는 것들은 도전이 아니다. 두렵지 않으니까. 미국 횡단은? 두렵잖아. 도전해야지. 사람들에게 도전하라고 말하면서, 정작 나는 퇴보하고 있냐?

3. 오래된 계획을 실행에 옮기는 것 : 미국에 대한 동경. 군대에서 미래 계획을 짜며 고민했던 많은 시간. 미국 자전거 횡단을 위해 지금까지 쌓아온 경험들.

그리고 무엇보다… 그냥 해보고 싶어서.
별것 없다.
그런데 그래서 가장 강력했다.

두렵지만 하고 싶은 것.
모가 되든 도가 되든, 어차피 해야만 하는 것.
실패하면? 처음부터 다시 하면 된다. 어차피 안 죽는다.

꿈을 좇기로 했다.
나는… 뭐든 할 수 있다.

아이들에게 떠난다고 말했다. 케이크를 받았다.

세상에는
미친 사람이 많다

미국 자전거 횡단을 떠나기로 결심했다. 그런데 나는 자전거가 없다. 이 이야기를 인스타그램에 올렸다.

모르는 사람에게서 메시지가 왔다. 자기가 자전거 회사 사장이래. 브랜드 이름은… 슈퍼몬드? 태어나서 처음 들어본다. 이상한 사람이다.

자전거를 받았다. 착한 사람이었다. 사실, 미친 사람에 가깝다. 자전거 회사 대표인데, 나보다 나이가 어리다. 아마추어 자전거 선수 경험을 바탕으로 일찌감치 사업을 시작했다. 현재는 해외 시장까지 뻗어 나갔다.

자전거뿐만 아니다. 나의 미국 횡단 계획을 나보다 더 설레어 한다. 하나라도 더 도와주고 싶어 안달이 난 모습이다. 우리 엄마 다음으로 나를 가장 응원해주고 있는 듯.

도대체 의도가 뭘까? "왜 이 정도로 도와주냐?"라고 물어봤다. 이 사람, 이거 그냥 재미있어서 하는 거래.

다른 문제가 생겼다. 자전거는 있는데, 자전거 바퀴가 없다. 알고 보니 자전거만큼 자전거 바퀴가 중요했다. 특히 미국 횡단이라는 긴 여정이라면 더욱.

또 다른 대표님을 찾아갔다. 자전거 바퀴를 받았다. 제품명은 Oltah(올타). 한국말로 '옳다'라는 뜻이다.

여기 대표님도 만만치 않다. 바퀴를 만드는 공학자인데, 자전거 선수다. 심지어 대회에 나가 우승을 했다.

원래는 순위권 밖이었는데, 본인이 직접 개발한 바퀴를 가지고 대회에 참가했다. 그리고 1등을 했다. 미친 사람이다.

세상에는 미친 사람이 많다. 그들은 대체로 멋지다.

그리고 그들은 서로를 돕는다. 일단 부딪치면 재미있는 일이 생긴다는 사실을, 누구보다 잘 알고 있기 때문이다.

나도 미친 사람이 되어보기로 했다. 자전거가 생겼다.

그냥 자전거 타는 거잖아

자전거도 생겼겠다, 본격적으로 준비를 시작했다.

일단 장비를 알아봤다. 자전거 가방, 수리 키트, 헬멧, 옷… 너무 많다. 정보가 너무 많다. 그래서 그냥 '내가 생각하기에' 필요한 것들만 챙겼다.

어떻게 샀냐고? 대충 검색해서 쇼핑몰 상단에 뜨는 것들로 샀다. 장비가 부족하면 몸으로 때우면 되니까.

그리고 루트를 짰다. 어디서 시작해서 어디까지 갈지. 그런데 루트를 짜려면 미국을 알아야 하는데, 나는 미국이 크다는 것 빼고는 아는 게 없다. 그래서 '시애틀'에서 '뉴욕'까지 가는 것으로 정했다.

대부분 이런 식이었다. 어차피 나는 아무것도 모른다. 그러면 일단 정

두 달 동안 입을 옷. 최소한으로 챙겼다.

하고, 나중에 수정한다.

나는 자전거 전문가도 아니고, 탐험가도 아니다. 무사히 미국을 횡단하는 게 목적이 아니라, 그 과정에서 생길 문제들을 온몸으로 맞는 게 목적이다. 나는 늘 시작했고, 어떻게든 해냈다.

그럼에도,
그럼에도 불구하고, 너무 두려웠다.
준비가 부족해서가 아니었다. 오히려 내 방식대로 잘 준비하고 있었다.
'뭐든 할 수 있다'라는 확신도 있었다.

그런데 그 확신 하나로 '미국 5,000km 횡단'이라는 스케일을 품기에는, 내가 아직 그릇이 작았던 것 같다.

신기하게도 출발일이 가까워질수록 두려움이 줄었다. 마음이 차분해졌다. 이유를 곰곰이 생각하다가 결론을 내렸다.

'어차피 내가 할 수 있는 것은 없구나.'

어차피 완벽히 준비된
도전은 없다

미래를 바꾸려고 했다.

아직 나에게 닿지도 않은,
미국 횡단 중에 벌어질 수 있는 일들.
타이어가 터질 수도 있고,
길을 잃을 수도 있겠지.

'그런 일이 생기면 어떻게 하지?'
이 질문이 계속 머릿속을 맴돌았다.
답이 나오지도 않는데 생각은 멈추지 않았고,
그렇게 쌓인 생각들은 '불안'이라는 이름으로 남았다.

출발과 지금 사이의 거리가 멀수록 불안은 더 커졌다.

아직 한 달이나 남았는데, 내가 더 준비할 수 있는 게 있지 않을까. 아직 2주가 남았으니까, 조금만 더 챙겨보자.

그렇게 시간을 붙잡고 있다 보니, 어느새 출발일이 코앞이었다. 그제야 알았다. 지금의 내가 바꿀 수 있는 미래는, 애초에 없다는 것을.

어떤 일이 일어날지는 아무도 모른다.
나도 모르고, 우리 엄마도 모르고, 소크라테스를 데려와도 모른다.

집 떠나기 이틀 전. 생각보다 그럴싸했다.

출발 전에 모든 것을 알 수 있다면, 모든 문제를 미리 해결할 수 있다면, 애초에 떠날 이유가 없다. 그렇게 생각하니 불안의 정체가 조금 또렷해졌다.

나를 긴장하게 만든 것은 '실패'가 아니라,
'내가 통제할 수 없는 미래'였다.

그래서 마음을 비웠다.
그저 시작하기로 했다. 나머지는 길 위에서 배우면 된다. 짐을 가볍게 싸서 비행기에 올랐다. 발걸음 위로 설렘이 조용히 내려앉았다. 그리고 머릿속에는 문장 하나만 남아 있었다.

어차피 완벽히 준비된 도전은 없다.

5장

살아서
돌아오겠습니다

남은 거리 5,000km

Day 0

미국 자전거 횡단, 곧 출발.
아무튼 죽지 않고, 꼭 살아서 돌아오겠습니다

시애틀에는 학교 선배가 살고 있고, 뉴욕은 그냥 유명하니까.
그 사이를 어떻게 가로지르는지는 챗GPT랑 상의했다. 별 도움은 못 받
았지만… 어쨌든 지도에 선 하나를 그었다. 가장 짧은 루트로.

@just_gu_it
영상은 인스타그램을
통해 보실 수 있습니다.

시애틀에서 뉴욕까지

Day 1　　　　　　　　　　　　　　　　　　　　　　[131km 9시간 48분]

아직 느낀 점은 없다. 다이어트는 성공할 듯

첫날부터 많은 일이 있었다.
길 잃어버리기 3회. 넘어지기 2회.
자전거 끌고 오르막 오르기는 무려 12회!

당연한 거지만, 자전거로 미국을 가로지르는 일은 쉽지 않다.

그리고 착한 일도 했다. 산길에서 미국 아저씨가 말을 걸었다. 자전거가
펑크 났대서 테무에서 산 수리 키트를 빌려드렸다. 생명의 은인이라며
난리가 났다. 그런데 내 자전거는 도로용인데 왜 멀쩡하지? 신기하다.

오늘은 텐트에서 잔다. 그런데 물이 없다.

구글맵에 화장실이 있다고 나오길래 세면대도 있을 줄 알았다.
없더라. 변기만 있더라.
나는 그것을 모르고 물을 다 써버렸다.

아무튼 안 씻는 게 아니라 못 씻은 거다.
하루 정도는 봐줘라.

액션캠 2개, 미니 드론, 맥북, 스케치북까지 챙겼는데
오늘 사진은 10장 정도밖에 못 찍었다.
멈춰서 촬영할 정신이 없다.

당분간은 적응이 필요하다.
술 게임처럼, 마시면서 배우는 느낌으로.

직접 겪으면서 하나씩 배운다. 재미있다.

캠핑장에서 고기 구워 먹기는 비효율적이다

장을 봐야 한다. 장비도 있어야 한다. 조리 시간도 길다.
오늘 에너지를 보충한다고 고기를 샀다. 조리를 시도했다.

바로 후회했다.
그냥 갖다버릴까, 고민했다.

꾸역꾸역 구워 먹다가 깨달았다.
애초에 미국을 자전거로 횡단하는 것 자체가 비효율적이잖아…?

나는 수포자 출신이다. 바로 들통났다.

'하루에 100km씩 달리면 두 달 안에 뉴욕에 가겠지?'
'자전거가 1시간에 20km는 가니까 하루 5시간만 타면 되겠네?'

어림도 없었다.

5시간은커녕 10시간을 잡아야 한다. 한국처럼 쭉 뻗은 자전거길이 아
니다. 미국 도로는 구불구불하고, 돌아가며, 중간에 아무것도 없다. 해
지기 전에 도착만 해도 다행이다.

어쩌면 죽을 수도 있겠다

길이랑 나밖에 없다.
미국 횡단에서 가장 기대했던 광활함.
3일 차에 벌써 마주했다.

풍경도 바뀌었다. 어제까지는 초록이었는데, 오늘은 색을 좀 빼버린 초록. 갈색은 아닌데 푸릇하지도 않다. 몇 주 뒤 중부로 가면 진짜 갈색이라던데. 기대된다. 그때는 정말 길이랑 나밖에 없겠지.

20km 오르막을 올랐더니 20km 내리막이 나왔다. 신나서 달렸다. 속도가 점점 빨라진다. 짐이 속도를 더 밀어준다.

뒤에서 굉음이 났다. 차인가 했는데 바람 소리다.
시속 60km 가까워진 순간, 다시 오르막이 나왔다.

그런데 속도가 안 줄어든다.
멈추다 달리다를 반복했다.
이대로 내려가면 진짜 큰일
이다. 넘어지면 끝이다. 여기
에는 아무것도 없다.

오후 12시. 캠핑장 도착.
오늘은 일찍 일정을 마쳤다.
텐트를 치자마자 쓰러져서
3시간 낮잠을 잤다. 피곤했나

보다.

나중에 알고 보니까 시속 60km가 그렇게 빠른 속도는 아니란다.
내리막은 100km도 달린대.
그런데 나는 다르다. 나는 자전거 왕초보다.
진짜 죽는 줄 알았다.
천천히, 조심히 갈 거다.

고속도로를 피하려다
산을 오르다

Day 4 _____ [175km 11시간 7분]

이상한 사람을 만났다. 한국인이다

어제 메시지가 왔다. 자전거로 아프리카를 여행했고, 지금은 아메리카 대륙을 종단 중인 성민 님. 코끼리 밭에서 텐트 치고 자는 영상을 본 적이 있다.

그때 '아, 이 사람은 미친 사람이다' 확신했는데… 여기서 인연이 될 줄은 몰랐다. 지나가는 루트가 겹쳤고, 중간 지점에서 만나기로 했다.

성민 님은 역시 성민 님이었다. 마인드가 다르다. 지구가 집이고, 하늘이 천장인 사람 같다. 덕분에 공원 노숙을 해버렸다. 고생이 많다며 딸기도 사줬다. 이거 비싼데.

이상한 사람들이랑 있으면 내가 평범해진다.
내 도전도 그냥 무난한 일이 된다.
그러면 용기를 내기 쉬워진다.

벌써 5일 차. 내일은 하루 휴식!

592km, 벌써 이만큼이나 왔다.

여행을 준비하는 데만 100일이 걸렸다.
검색하고, 유튜브 보고, 경험자를 만나 조언을 듣고.

그런데 5일을 달려보니까 알겠다.
준비했던 100일보다, 직접 겪은 5일 동안 배운 게 5만 배 많다.
훨씬 짙다.

너무 당연한가?

Day 7

적응은 끝났다. 하지만 외롭다

적응은 끝났다.

1. 어떻게 자고
2. 어떻게 먹고
3. 어떻게 달릴지

머릿속에 쫙 그려진다.

심지어 오늘 길은 너무 좋았다. 한강 자전거길 느낌.
생각할 여유가 넘쳤다.
그래서 내 감정이 뭔지 들여다봤다.

외로움.

외로움의 단점은 슬프다는 거고, 장점은 글이 미친 듯이 잘 써진다는 거다.

내일은 또 어떤 궁상에 빠질지 벌써 기대된다.

Day 8   [94km 7시간 34분]

고속도로를 피하다가 산을 올랐다

미국 일부 구역은 고속도로 갓길로 자전거 통행이 가능하다. 첫날 감히 달려봤는데, 간담이 서늘해지더라. 트럭이 지나가면 자전거가 휘청거린다. 그래서 그 이후로는 조금 돌아가도 무조건 고속도로를 피했다.

그런데 오늘은… 차라리 고속도로가 나을 뻔했다. 언덕이 높은 것은 괜찮다. 내려서 끌고 가면 다리도 튼튼해지고 좋다. 문제는 산에 아무도 없다는 것이다. 사람도 없고, 차도 없고, 곰은 잘하면 있을 것 같은 느낌. 졸보라서 산을 택했는데, 오히려 더 위험했다. 너무 울창했다.

무서웠다. 산악자전거 선수처럼 집중해서 질주했다.
자전거야, 미안해.

오늘 처음으로 목표 거리를 채우지 못했다. 원래 120km를 달리려고
했는데, 90km 지점에 캠핑장이 보이길래 멈췄다. 너무 피곤하더라.

천천히 가도 되는데, 마음이 왜 이렇게 조급한지 모르겠다.
몸으로 하는 것은 무조건 해내야 한다는 강박이 있다.
아니, 나 여행 왔는데!!!

오늘은 전혀 외롭지 않았다. 궁상을 떨 여유가 없었다.
내일은 아침 일찍 월마트에 들러 곰 스프레이부터 살 거다.
도전이랑 위험은 다르다.

Day 9

타이어가 터졌다

내가 도전적으로 살게 된 가장 큰 이유.

학창 시절 로봇에서 체육으로 진로를 바꿨을 때,
20살에 멀쩡히 다니던 학교를 자퇴했을 때,
재수에 실패했을 때.

아주 강력한 믿음이 하나 있었다.

'무슨 일이 있어도 우리 엄마는 내 편이다.'

그 믿음 덕분에 도전했고, 실패했으며, 성장했다.
그리고 지금은 자전거로 미국을 횡단 중이다.

여기까지가 낮까지 생각했던 9일 차 주제였는데….

오늘도 어김없이 산을 올랐다. 데이터가 안 터지고, 길을 헤맸다. 구글
오프라인 지도는 자동차 길만 알려준다. 결국 고속도로에 올라갔다.
그런데 진짜 편하더라. 신나서 씽씽 달렸다. 차도 많지 않았다.

그런데 한 30분 지났나? 바퀴에서 '픽' 소리가 났다.

확신했다. 펑크다.

당황하지 않고 수리를 시작했다.

그런데 안 된다.

고속도로 갓길에서 1시간 씨름했다. 실패.
자전거를 질질 끌고 20분 거리 휴게소까지 걸어갔다.

다시 수리. 또 실패.
타이어가 안 빠진다.
힘을 주면 빠진다며? 나 힘센 편인데….
아는 것과 하는 것은 다르더라.

그런데 이상하게 이 상황이 웃겼다.
이런 것을 겪어보려고 시작한 여행이긴 하니까.

문제를 해결할 능력은 없어도, 침착하긴 하다.

내일은… 히치하이크해야 할 것 같다.
MBTI I 99% 왕소심인데… 할 수 있을까?

해야지 뭐.
상황에 던져지면 어떻게든 하긴 한다.

내가 도전을 좋아하는 이유다.

혼자 하는 캠핑

Day 10 [차량 이동 110km]

쉬니까 불안하다

히치하이크에 실패했다.
팻말을 들고 손을 열심히 흔들었는데
10분도 못 버티겠다.

사실 어제, 인스타그램으로 메시지를 받았다.
근처에 사는 한국인인데, 태우러 와줄 수 있단다.
일단 나 혼자 해결해보겠다고 답했다.

히치하이크하면서 계속 고민했다.
'아, 그냥 도움받을까?'

쉬운 선택지가 있으니, 용기가 쉽게 무너졌다.
결국, 도와달라는 메시지를 보냈다.

[상황 정리]
Day 9 : 펑크 + 고속도로 휴게소 고립
Day 10 : 근처 한국분이 도와주러 오심. 구사일생 + 휴식
Day 11 : 자전거 수리 후 출발… 할 줄 알았는데

이틀을 더 쉬기로 했다. 근처에 '옐로스톤'이 있다. 세계 최초 국립공원.
거대한 자연, 영화 속 야생동물. 지금 아니면 또 언제 오겠냐.

[수정된 계획]
Day 12~13 : 옐로스톤 캠핑 & 트레킹
Day 14 : 자전거 횡단 재출발

두 감정이 교차한다.
설렘. 그리고 조급함.

달릴 때는 힘들었지만 불안하지는 않았다. 어쨌든 앞으로 나아가고 있으니까.
그런데 쉬면 다르다. 쉬면 불안이 올라온다.

'빠르게 완주'라는 타이틀이 나를 조이는 느낌이다.

어쩌면 이번 여정의 진짜 목표는 속도가 아니라, 내려놓기일지도 모르겠다.

Day 13 [0km 휴식]

나랑 무슨 상관이지?

옐로스톤 도착.
'올드 페이스풀' 활화산을 보려고 사람들이 둥그렇게 모여 있다. 물이 부글부글 끓는다. 저게 터지면 미국 전역이 용암으로 덮인단다. 그만큼 웅장한 자연의 쇼라고 다들 감탄한다.

그래, 잘 알겠다.
그런데…
그게 나랑 무슨 상관이지?

파리에서 에펠탑을 봤고, 이집트에서 피라미드를 봤고, 지금 미국 몬태

나에서 옐로스톤을 보고 있다. 느낀 것은 딱 하나다.

'멋지네.'

나는 나를 알고 싶어서 여행을 떠났다. 그래서 일부러 고생길에 나를 던졌다. 내가 어떻게 반응할지 궁금했거든.

우리는 사실 '무언가를 보는' 게 아니라, 그 안에 비친 '나'를 본다. 사람들이 '서성구의 여행기'를 본다고 하지만, 정작 그들은 서성구가 궁금한 게 아닐지도 모른다. 그 속에서 자기 젊은 시절을, 열정적으로 되고 싶은 현재를, 혹은 나아가고 싶은 미래를 보고 있을 뿐이다.

그래서 계속 의문이 들었던 것 같다.
저 멋진 자연이 나랑 도대체 무슨 상관이지?

자전거를 타고 자연을 '달릴' 때는 달랐다. 해가 뜨면 덥고, 바람이 불면 춥고, 오르막이면 숨이 찬다. 자연이 존재한다. 나는 거기에 반응한다. 경험이다.

그런데 오늘은 그저 바라만 봤다. 나는 풍경 속 손님이었다.

관광과 경험의 차이.
지금의 나는 나로 가득 차 있다.
나는 주인공이 되고 싶다.

그래서 굳이 이 길을 자전거로 가는 거다.
아, 얼른 다시 달리고 싶다.

재미있다!!!

2막 시작.
역시 달리니까 힘이 난다.

Day 15

한국이 제일 좋다

태어나 보니 집이 있었다.
먹고 자고 싸고, 잘 커서 어른이 됐다.
돈 모아서 해외여행도 갔다.

다 내가 이룬 줄 알았다.
말도 안 되는 소리다.

여행지에서 배운다. 머물 곳이 있다는 것은 축복이다.
먹고 자고 싸는 것에 다 대가가 필요하다.

나는 사실 한국이 좋다.
전 세계를 다녀봐도, 이만큼 안전하고 자유로운 곳이 없다.
감사함을 몸으로 배우는 중이다.

Day 16 [72km 4시간 47분]

혼자 하는 캠핑

밤 12시, 소리에 놀라 깼다.
분명 캠핑장에 나 혼자였는데⋯?
곰 스프레이를 챙겨 텐트 밖으로 나
왔다. 저 멀리 5~6명이 괴성을 지르
고 있다.

고민했다.
제정신들 아닌 것 같은데. 건들지
말까.
그런데 잠을 못 자겠다.

여차하면 스프레이를 뿌리고 도망

갈 생각으로 다가갔다. 조용히 해달라고 했더니 "오케이" 한다. 심지어 "잘 자라"라고도 해준다. 그냥 술 취한 미국 청년들이었다.

오늘 아침부터 힘들었다. 물을 못 마시니 서럽다. 무료 캠핑장에서는 돈을 아낄 수 있는데, 단점은 물이 없다. 계산해서 챙겼는데 역시 부족했다.

나는 남은 물을 입에 머금고, 10번 우물우물한 뒤 삼켰다(물을 많이 마신 것처럼 뇌를 속일 수 있다고 어디서 들었다).
결국 목표를 줄였다. 원래 160km 강행군을 하려 했는데… 어제 달려보니 알겠다. 이 페이스로 며칠 더 달리면 몸이 망가질 게 뻔하다.

돈을 조금 더 쓰기로 했다. 사실 혼자 여행하기에 경비가 막 모자라지는 않는다. 그런데 아깝다.

모텔은 최소 10만 원.
식당은 기본 2만 원.
그런데 텐트 + 마트에서 대충 때우면… 단돈 5만 원.

작년 3월 국토 종주를 했다. 11일 동안 500km를 걸으며 후원금을 모았고, 320만 원을 기부했다.
너무 재미있었다. 그래서 지금도 하는 중이다.

미국 자전거 횡단도, 경비를 제외한 후원금 전액을 '요보호 아동'에게 기부한다. 보호자에게 제대로 양육되지 못하는 아이들. 내가 돈을 아끼면, 이들이 더 많은 기회를 가질 수 있다.
…라는 마음이었는데.

오늘 깨달았다.

일단 내 몸을 지키는 게 우선이다.

어차피 장기전이니까.

6장

길 위에서
배운 것들

히치하이크 당하다

Day 18　　　　　　　　　　　　　　　　　　[106km 8시간 12분]

시골길을 달렸다

시골길이 좋은 이유는 풍경이 아늑해서인지
그냥 사람이 적어서인지.

운동장만 한 잔디밭에 벤치가 놓여 있다.
자리를 펴고 앉아 글을 썼다.

쓰고 싶다. 나에 대해 알고 싶다.
현재에서 빠져나와야 한다.
경기장 안이 아닌 밖에서 나를 바라봐야 한다.

역시 어렵다!

Day 19   [50km 히치하이크]

할아버지, 할머니가 나를 주웠다

차가 멈춰 섰다. 창문이 열린다. 백발의, 그러나 정정해 보이는 백인 할
아버지가 묻는다.
"도움이 필요해요?"

나는 바로 답했다.
"네! 제발 도와주세요!!!"

차에 탔다.
50km 떨어진 마을까지 나를 데려다줬다.

할아버지, 할머니도 최근 자전거 여행을 다녀왔단다. 펑크가 무려 7번
이나 났다고 한다. 내 심정을 이해한다네.

진짜 고마워서 눈물 날 뻔했는데… 나는 상남자니까 참참았다(사실 목구 멍까지 찡했다).

자전거 샵에 갔다. 그런데 사장님이 없다.

근처 잔디밭에 앉아 기다렸다.
점심시간이니까 1시간쯤이면 오겠지.

진짜 딱 1시간 뒤. 한 남자가 차에서 내린다.
"무슨 일이죠?"
나한테 묻는다.

나는 열심히 상황을 설명했다.

'바퀴가 덜컹거린다'라는 영어를 몰라서 보디랭귀지를 총동원했다. 팔로 흔들고, 어깨로 튕기고, 입으로 "덜컹덜컹" 하고.

이러니까 또 찰떡같이 알아듣는다('몸으로 말해요' 대회였으면 우승했을 듯).

다행히 큰 문제는 아니었다.

오전에 펑크를 한번 땜질했는데, 그때 타이어가 림에 제대로 안 맞물렸던 거다. 그래서 덜컹거림이 생겼던 것.

그렇게 타이어를 다시 끼워주더니, 갑자기 체인에 오일도 바르고, 브레이크도 조여주고, 여분 오일까지 쥐어주고, 수리 키트도 손에 쥐어줬다.

가격을 물었다.

"얼마예요?"

그가 말했다.
"별로 한 게 없어. 돈은 됐어. 안전하게 여행해. 행운을 빌어."

나는 "땡큐"를 한 10번쯤 외쳤다.
같이 셀카도 찍었다.

그러더니 그는 다음 일정이 있다며 쿨하게 떠났다.
진짜 쿨했다. 너무 쿨해서 순간, 멍했다.
이게 뭘까?

미국 여행 유튜브를 보면, 이런 장면을 심심치 않게 목격할 수 있다. 그러나 내가 직접 경험하게 될 줄은 몰랐다.
이게 어떤 느낌이냐면… 글로 풀어내기는 어려운데,
오묘하고 미묘하다.

아까 나를 고속도로에서 주워준 할머니 할아버지, 그리고 자전거 수리를 도와준 형님에게 감사를 표현하고 싶었지만, 내가 아는 단어가 '땡큐' 하나밖에 없어서 그게 더 아쉽다.

미국 자전거 횡단, 이제 4분의 1쯤 왔다.
앞으로 또 어떤 무시무시한 경험이 날 기다릴까?

타이어가 또 터졌다

최악의 상황을 떠올렸다.
아무것도 없는 평원. 앞으로 일주일은 더 가야 한다.
만약 또 문제가 생기면?
…걸어가면 되지.

3일 연속 펑크다.
심지어 텐트를 달고 다니던 가방도 터졌다.
자전거 펌프 뚜껑은 또 어디 갔을까?

이미 1,000km를 그것도 산과 들을 넘어왔으니
이만큼 버틴 것도 용하다.
그런데 몸은 아직 멀쩡하다.
발목, 무릎, 허리, 엉덩이, 상체는 당연하고,
아픈 곳이 하나도 없다.

정신도 아직 괜찮다.

'정 안 되면 끌고 가면 되지, 뭐.'

어떠한 문제가 위험으로 다가오기에는 내 몸이 너무나도 튼튼하다.

어차피 목표는 하나였다.
살아서 돌아오기.

위험을 제외한 모든 상황을 다 받아들여도 되지 않을까?

이 몸뚱이가 아깝다.
분명 평생 가는 게 아닌데. 지금은 뭐든 할 수 있는데.

현금 10억 원을 장롱에 처박은 기분.

5년 뒤, 10년 뒤에도 이 가치가 같을까?
아니다.
지금 써먹어야 한다.

그렇게 이 소중한 몸을 열심히 굴리다 보니 미국을 자전거로 횡단하는 지경까지 왔다.

아, 그런데 힘들긴 하다.

인생은 가까이서 보면 비극, 멀리서 보면 희극이라던데.
지금은 비극 쪽이 조금 더 가깝다.

나의 여정을 지켜보는 사람들이 내 모습을 흐뭇하게(?) 여기는 것처럼,
이것도 다 지나고 보면 추억이 되…려…나?

Day 21 [76km 4시간 21분]

치킨보다 피자가 맛있다

사람은 단순하다.
힘들었는데, 배부르고 편안하니까 금방 행복해진다.

역시 잘 먹고 잘 자는 게 전부다.

오늘도 히치하이크를 '당했'다.
아침에 일어나니 타이어가 또 터져 있었다.
공터에서 고치고 있으니까 지나가던 차가 멈추더니 미국 형님이 내렸다.
도움이 필요하냐고 물었다. 시내까지 태워줄 수 있다고.
어쩌면 이제 남의 차로도 미국 횡단이 가능할 듯(그런데 가는 방향이 달라서
도움은 못 받았다. 대신 나중에 문자만 와 있었다. 그게 또 이상하게 고마웠다).

1,426km, 아무튼 나아가는 중

자전거가 며칠 째 말썽이다.
아무래도 전문가의 도움을 받아야 할 것 같다.
자연에서 문명으로 방향을 틀기로 했다.

내일은 대도시로 들어가 자전거 샵에 방문할 예정.
황량함은 줄겠지만 다른 재미있는 일이 생기겠지.

돈으로 해결하는 게 제일 쉽다

미국 자전거 횡단. 나는 역경을 우렁차게 헤쳐 나가는 모습을 보여주고 싶었다. 문제 따윈 몸으로 때워버리겠다는 각오였다. 그런데 오늘 나는…

[오늘 한 일]
1. 펑크 방지 스펀지 장착
2. 뒤에서 오는 차량 무서워서 백미러 구매
3. 지금 호텔 침대에 누워서 뒹굴거리는 중

큰일이다. 나는 역시… 편안하고, 쉬운 것을 좋아한다.

Day 23

여전히 동쪽으로

슬슬 이 여정의 전반부가 끝나는 느낌이다.
잘 쉬었으니 다시 동쪽으로 나아가야지.

천천히.
하지만 꾸준하게.

더 이상의 문제는 없다.
'서성구 특급열차' 재가동.

이가 없으면
잇몸으로

Day 24 _____ [87km 6시간 52분]

당분간은 버티는 구간

처음에는 즐겁다. 모든 게 새로우니까.
마지막에는 할 만하다. 끝이 보이니까.

문제는 그사이.
가장 지루하고, 가장 길며, 가장 애매한 구간.

버티는 구간이다.

꿈꿔왔던 풍경 속에 내가 있다.
대평원을 달린다.
길과 나, 그리고 바람만 존재한다.

첫째 날, 둘째 날은 세상을 다 가진 기분이었다.
그런데 24일째 같은 풍경을 보고 있는 지금은?

…그냥 그렇다.

새벽에 소나기가 가로로 내렸다. 텐트가 좌우로 요동쳤다.
비몽사몽 일어났는데…

어떻게 비가 가로로 내릴 수 있나?

스프링클러였다.
'눈에 띄지 않는 곳'에 텐트를 친다고 친 게 하필이면 스프링클러 옆이
었다.

새벽 2시, 텐트 밖으로 나와 물을 맞으며 뒷정리했다.

아침에 일어나니 뒷바퀴 바람이 또 빠져 있다.
일단 펌프질. 바람이 들어간다. 그 상태로 달린다.
조금씩 바람이 빠진다. 1시간마다 멈춰 펌프질했다.
다시 나아간다.

앞으로 500km만 더 가면 자전거 샵이 나온다.

당분간은 버티는 구간이다.
새롭지 않다. 꾸역꾸역, 하던 것을 계속 해내면 된다.

Day 25 [32km 1시간 21분, 268km 히치하이크]

나는 나를 모순덩어리라고 생각했다

나는 사람들한테 도전하라고 말한다.
하고 싶은 게 있으면
그럴 수밖에 없는 환경에 자신을 집어넣으라고.
그러면 뭐든 할 수 있다고.

그런데 나의 내향성은?

나는 늘 내향성이 고민이었다.
그래서 해병대에 갔다.
그래서 세계여행을 떠났다.
그래서 게스트하우스 스태프도 했다.

결과는 실패.
타고난 내향성은 절대 안 바뀌더라.
나는 여전히 혼자가 편하고, 새로운 사람이 두렵다.

모순이다.

남한테는 도전하라고, 뭐든 할 수 있다고 말하면서
정작 나는 내 성격 하나도 극복하지 못했다.

내가 과연 도전을 말할 자격이 있나?

***

며칠 전부터 뒷바퀴가 말썽이다.
계속 바람이 빠진다.

중간에 멈춰서 바람을 넣는 것도 고생이다.
가지고 있는 펌프가 내 팔뚝보다 작은 거라 한 100번은 펌프질해야 한
다. 잘 달리다가 멈춰서 팔굽혀펴기 100개 하고, 다시 출발하는 느낌.

그런데 선택권이 없다.
남은 400km를 꾸역꾸역 버텨본다.

오늘은 고속도로를 타기로 했다. 조금이라도 거리를 줄이려는 전략. 위
험한 것은 모르겠고, 얼른 내가 가진 문제를 빨리 해결하고 싶다.

30km를 달려 휴게소 도착.
뒷바퀴를 만져보니 바람이 또 빠져 있다.
아…너무 지친다.

이 상태로 최소 3시간은 고속도로를 더 달려야 한다.
날씨는 덥다.
어제 잠을 잘못 잤나? 졸음이 온다. 자전거를 못 타는 5만 개의 이유가
몰려온다.

그때 생각했다.

'히치하이크… 해볼까?'

고민하는 사이 휴게소에 있던 차 2대가 다 떠났다.
마지막 차는 나를 보는 것 같았는데, 한번 물어볼 걸 그랬나?

5분 뒤, 차량 한 대가 들어온다. 픽업트럭이다. 자전거를 싣기 딱 좋다.
그런데 도저히 물어볼 용기가 나지 않는다.

그래서 그냥 뒷바퀴에 바람을 넣고, 출발하려다가 순간, 괜히 오기가
생겼다. 아 몰라. 한번 물어나 보자.

자전거 방향을 틀어 멈추고 말했다.
"헬로우."

결과는 대실패. 아무래도 나를 의심하는 눈초리였다.
하긴… 생판 처음 보는, 영어도 잘 못하는 외국인을 차에 태워 주긴 쉽
지 않다.

빠르게 시나리오를 새로 짰다.
상황을 정확히 설명하기 위해 챗GPT의 도움을 받았다.

희한하다.
한번 실패하면 주눅 들 줄 알았는데, 오히려 열정이 불타오른다.

GPT가 준 문장을 외웠다.
내가 누구인지 밝혀서 안심시키고, 어떤 도움이 필요한지 정확히 밝히
라고 했다.

그러는 사이 새 목표물이 포착됐다.

이번에도 픽업트럭.

60대로 추정되는 할아버지였는데, 이번에는 심지어 트럭 뒤에 RV(캠핑카)까지 달고 있다. 여유가 있어 보인다.

빌드업을 위해 화장실 앞에서 서성였다. 그들이 내 쪽으로 오길 기다렸다. 할아버지가 먼저 다가왔고, 눈이 마주쳤다.

"헬로우!"

인사만 하고, 화장실 갔다 나오면 말 걸 계획이었는데… 할아버지가 밝게 인사를 받아주더니 다음 말을 건넬 시간을 줬다. 나는 바로 돌진했다. 아까 외운 문장 그대로 달달 외워서 말했다.

할아버지는 나의 이야기를 듣고는 잠깐 고민하더니 아내에게 물어보겠다고 했다. 아내가 다가왔고, 우리는 같이 자전거를 실었다.

할아버지와 할머니는 캠핑카로 여행 중이었다. 나보고 어디까지 가냐고 묻길래, 다음 도시까지(약 30km)만 데려달라고 했다. 거기에는 샵이 없지만 어떻게든 해보겠다고.

어림도 없지. 자전거 샵이 있는 다음, 다음, 다음 도시까지 데려다줬다.
3시간 동안 300km.
운 좋게도 그분들 목적지와 내 루트가 같았다.

시속 120km로 고속도로를 달리는데… 정말 편하더라.
자동차 최고!

그런데 문제가 또 생겼다. 자전거 샵에 전화했더니 오늘 안 연단다. 그래서 하루 같이 캠핑하고, 다음 날 샵까지 데려다주기로 했다.

우리는 많은 이야기를 나눴다. 할아버지는 암 환자였다. 1년 반 정도 더 살 수 있단다. 평생 엔지니어로 일하다가 은퇴했고, 와이프랑 여행을 시작했다고 한다.

휴대폰을 꺼내더니 최근에 직접 수리한 집 사진을 보여줬다. 처음에는 컨테이너 같은 집이었는데 갈수록 고급스러운 집이 되어갔다.

"어디서 배웠어요?"
"그냥 살다 보니까 알게 됐어."

그리고 나의 자전거 여행 경로를 묻더니, 60년 미국 인생 경험치를 총동원해 열심히 조언을 해주셨다. 시카고는 절대 가지 말라고. 대신 미시간으로 배 타고 넘어가라고.

그리고 또 이것저것 이야기했는데, 내 영어 실력 이슈로 기억나는 것은 여기까지다.

***

히치하이크에 성공했다.

그간 수많은 도움을 받았다. 그런데 내가 먼저 "도와주세요"를 말해본 적은 없었다. 낯선 사람이 내 부탁을 들어줄 리가 없잖아. 나는 내향적이다. 무섭다.

그런데 이번에는 달랐다.

차에 태워 줄 수 있냐고 물어봤다.
거절당했다.

또 물어봤다.
성공했다.

한번 해보니까
다음이 쉬웠다.

나중에 이유를 물으니까
그냥 내가 나쁜 사람 같아 보이지는 않았다고 한다.

이가 없으면 잇몸으로. 상황이 사람을 만든다. 어떻게든 하게 된다. 그
리고 그 작은 시도가 길을 만들어서 새 경험을 데려온다.

미국 횡단 중 캠핑카 부부와 하룻밤 캠핑이라니.
완전 영화 같잖아!

아주 작은 성공 경험을 쌓았다.
물론 이것으로 나의 내향성을 극복했다고 말하기는 어렵다.

그런데 최소한 근거는 생긴 것 같다.

어쩌면 나는
진짜로
뭐든 해내는 사람이 되어가고 있는지도 모른다.

여유가 도대체 뭔데

자전거를 갖다버리고 싶었다

매일 새로운 문제가 생긴다.
내가 왜 잘 알지도 못하는 자전거로 이 짓을 하고 있지.
골칫덩어리다.

…아니구나.
자전거 덕분에 새로운 경험을 하고 있구나.

자전거에 문제가 없었으면 나는 그냥 페달만 밟다 끝났겠지.

오늘도 주변 사람들의 도움을 받았다.
자전거 샵에 갔는데 엔지니어가 출근을 안 했대.

아르바이트생 할머니(진짜 할머니)랑 수리를 시도했는데 실패.
할머니가 남편을 호출하더니 나를 다음 마을까지 태워다주셨다.

다음 마을에는 진짜 엔지니어가 있었고,
수리는 깔끔하게 성공.

그런데 돈을 안 받겠대.
여행자에게는 베푸는 게 원칙이래.

이게 뭘까. 이런 여유는 어디서 나오는 거지?

아무튼, 내가 왕초보라서 다행이다.
더 열심히 달려야지. 하하.

꾸역꾸역 나아가기

하루 종일 자전거를 타면
하루 종일 공상에 빠질 줄 알았다.

걷거나 달릴 때처럼.
그런데 생각보다 그런 순간이 없다.

왜지?
차를 피해야 해서?
속도가 있는 종목이라서?
잘 모르겠다.

그렇다고 풍경을 열심히 음미하고 있냐면 그것도 아니다.
그럼 나는 지금 어디서 재미를 찾고 있지?

그래도 뭐…
아예 재미가 없는 것은 아니다.
그냥 앞으로 나아간다.

분명 어려움을 겪길 바랐다. 직접 겪는 게 목적이 아니라면, 그냥 집에
서 뒹굴뒹굴하면서 자전거 횡단 영상을 보는 것만으로 만족했겠지.

그런데 막상 어려운 상황이 오니까
예상치 못한 난관에 빠지니
불평불만이 튀어나온다.

그저 상황에 매몰된다.

스트레스에 몸부림치는 내 모습이 참 애매하다.

그런데 그럴 수 있지.
나는 평범한 사람이니까.

힘들면 힘들다고,
외로우면 외롭다고,
징징거려야지.

그러면서도
꾸역꾸역 앞으로 나아간다.

목표를 정했으니
끝까지 밟아본다.

6장·길 위에서 배운 것들

Day 30　　　　　　　　　　　[125km 9시간 39분]

맞아본 비 중에 제일 아팠다

모험에서 가장 큰 변수는 날씨다.
모든 게 완벽해도 덥고 춥고 비 오면 끝이다.

그런 의미에서 그간의 나는 운이 좋았다.
그리고 오늘, 폭풍우를 만났다.

110km쯤 달렸고, 목표 지점까지 10km 남았을 때
저 멀리 먹구름이 보였다.

높은 건물이 하나도 없는 대평원이라
구름이 '구름'이 아니라, 거대한 생명체처럼 보였다.

아무것도 없는 마른하늘에서 폭풍우가 쏟아지기까지
딱 3분.

나무? 없다.
비 피할 곳? 없다.

그대로 비를 맞으면서 방수 재킷을 입었다.

정말 다행이었다.
어젯밤에, 폭풍우에 휩쓸리는(?) 자전거 여행 영상이 알고리즘에 떴고,
그래서 방수 재킷을 꺼내기 좋은 위치에 옮겨놨는데 이게 적중했다.

또 하나 다행은 내가 있던 곳이 국도였다.
비가 쏟아지니까 정말 앞이 하나도 안 보였다.
이것을 고속도로에서 맞았으면 진짜 목숨 걸어야 했을 듯.

그렇게 30분을 달리니 다행히 비가 그쳤다.
정확히는 내가 비가 안 내리는 구역으로 이동한 느낌.

미국의 자연은 참 희한하다.

서둘러 캠핑장에 도착했다.
일단 텐트를 먼저 치고, 샤워 후 정리했다.

젖은 옷은 텐트 안에 널어두고 잤는데, 다음 날 보니 여전히 축축했다
(당연하다).
그대로 비닐봉지에 넣어 젖은 채로 들고 탔다.

휴대폰도 젖어서 충전이 안 된다.
비를 맞고, 배고프고, 휴대폰도 안 되니 살짝 서럽다.

엄마가 보고 싶어지는 그런 하루다.

Day 31 [96km 7시간 17분]

여유가 도대체 뭔데

면허 딴 지 한 달 된 초보운전자가
경부고속도로에서 시속 100km로 달리면서
풍경을 '감상'할 수 있을까?

답은 뻔하다.

여유를 가지라고들 말한다.
천천히 즐기라고. 주변도 보라고.

나도 그러고 싶다.
그런데 '여유'라는 놈이 내 마음에 안 들어온다.

매일 조급하고
매일 불안하다.

미국 자전거 횡단 31일 차에 이제 알겠다.
나는 여유를 안 가지는 게 아니라 못 가지는 거다.
어디서 잘지, 뭘 먹을지, 화장실은 어쩔지.
매일 생존을 계획한다.
시속 120km짜리 트럭과 나란히 달린다.

로드킬 사체를 수도 없이 본다.

이 상황에서 여유를 가지기에는
나는 너무 쪼렙이다.

당연하다.
태어나서 처음으로 혼자 미국을 가로지르고 있다.
자전차왕 엄복동이 와도 여유롭기는 힘들 거다.

원래 몸에 힘 빼는 게 제일 어렵다.
기본기도 없는 내가 제일 어려운 것을 하려니까 답답했던 거다.
앞으로도 계속
조급하고
불안하고
여유롭지 못할 예정이다.

그동안 고귀하고 낭만적인 목표를 추구했던 것 같다.

다시 확인하면 내 목표는 '완주'다.
그냥 하던 대로 한다.
흔들리면서 나아간다.

Day 32

여유가 생겼다

정말이지 내 마음은 청개구리 심보다.

오늘은 구름을 봤다.
옥수수밭도 봤다.

옥수수 뿌리가 저렇게 생겼구나?
몇만 개의 옥수수를 지나쳤을 텐데, 오늘 처음으로 봤다.

이유는 단순한 것 같다. 불안을 인정했기 때문이다.

나는 지금 여유가 없고, 불안하고 조급하다.
하지만 그것을 억지로 고치려는 데 에너지를 쓰지 않고,
그냥 내버려두기로 했다.

그랬더니 마음에 공간이 조금 생긴다.
이제야 구름도, 옥수수도 보인다.

좋아하는 것을
좋아하는 사람은 빛난다

Day 33 ────────────────── [129.5km 8시간 23분]

어떻게 매일이 다르지?

어제는 황홀감에 젖었다.

미국 자전거 횡단을 시작한 이후
처음으로 '여유'라는 것을 제대로 느낀 날이었다.

노스다코타 대평원.
말도 안 되는 풍경이 펼쳐지고, 그 속을 내가 달리고 있다.

앞은 파랗고
양옆은 초록이고
땅은 길고

구름은 낮고

지브리 음악을 틀어놔서 그런가, 영화 속 주인공이 된 기분이었다. 길도 좋고, 날씨도 좋고, 나도 좋다.

어제는 분명 그랬다.

오늘도 어제와 같이 쭉 뻗은 길을 달렸다.
풍경도, 날씨도 여전히 최고다.

도로가 잘 닦여 있으니, 자전거도 빠르게 나간다.
그런데 기분은 평범했다.
분명 어제는 이 길을 달리면서 황홀감에 젖었는데,
오늘은 특별하지 않다.
일부러 지브리 노래도 틀었는데!!!

도통 이유를 모르겠다.
상황은 변함이 없는데, 내가 계속 바뀐다.

미국 자전거 횡단 33일 차.
오늘까지 매일 일기를 썼다.

2,662km. 그사이 절반을 넘겼다.

그런데 단 하루도, 내용이 같았던 날이 없다.

힘든 날에 무조건 슬프지도,
편안한 날에 무조건 기쁘지도 않았다.

계속 변한다.
그냥 받아들이기로 했다.
이유를 지금 알 필요는 없으니까.

지금은.
'그렇구나.'
이것으로 충분하다.

Day 34 [144km 8시간 33분]

80%는 지루하다. 모든 일이 그렇다

사람들은 환희와 좌절만 기억한다.
나머지는 까먹는다. 자극적이지 않거든.

그래서 버틸 수밖에 없게 만들어놔야 한다.
심리적으로 말고
물리적으로.
포기할 수 없게 막아버린다.

나는 열심히 지루함을 품는 중이다.

어차피 나는 포기할 수가 없다.

여기는 미국이다.

미국 어디 유명한 곳도 아니고, 시골 변두리.

자전거를 타는 것 말고는 딱히 집으로 돌아갈 방법이 없다.

 한국이었으면, 버스 타고 집에 갔을 수도 있었겠다.

오늘은 전투적으로 달렸다.
정말 머리 박고 페달만 밟았다.

아마 내일도 그럴 거다.
친구가 살고 있는 도시로 들어간다.

한국 음식이 기다리고 있다. 밥은 세 그릇 먹을 거다.
아, 기대된다.

Day 35 [186km 12시간 42분]

기다려주는 사람이 있으니 버틸 만하다

12시간 42분 동안 자전거를 탔다.
분명 해가 뜰 때 출발했는데, 어느새 어두워졌다.
그런데 이상하게 시간이 그렇게 길게 느껴지지 않았다.
아, 길긴 분명히 길었는데, 지루하지 않다. 할 만하다.

기다려주는 사람이 있으니까.
지금이 고되고 어떻고 간에 누군가 나를 기다린다.
심지어 따끈따끈한 쌀밥을 들고…
이러니까 힘이 떨어질 수가 없다.

오후 8시, 186km를 달린 끝에 친구 집에 도착.

씻고 나오니 뜨끈뜨끈한 밥이 차려져 있었다.

쌀밥의 윤기와 탱글탱글함에 넋이 나갈 뻔했다.
등갈비는 부드러웠고, 진미채와 김치는 한국 그 자체였다(왜냐하면 친구의
어머니가 한국에서 보내준 거거든).

행복하다.

날씨가 점점 쌀쌀해진다.
비도 추적추적 내린다.

이런 도전을 할 때마다 드는 생각이 있다.
인간으로 태어나서 정말 다행이다. 세상 어느 생명체가 비를 맞으며 12
시간 동안 이동할 수 있을까.

비가 와도, 눈이 와도, 더워도, 추워도, 견딜 수 있는 몸으로 태어나서
너무 다행이다.

Day 38 [101km 6시간 56분]

좋아하는 것을 좋아하는 사람은 빛난다

친구 집에서 3일을 푹 쉬었다.
다시 출발!

오늘은 도시를 따라 달렸다.
일요일이라 그런가, 거리에 아이들이 가득하다.
축구도 하고, 야구도 하며, 퍼레이드도 하고, 강가에서 물고기도 잡는
다. 그 모습이 너무 부럽다.

미국 횡단 직전, 내가 가장 열심히 했던 일이 있다.
다름이 아닌, 동네 중학교 축구부 훈련시키기.

등교 전 새벽에 모여 훈련한다.
주말이면 용돈을 모아 축구장을 빌려 연습경기를 한다.
누가 시킨 것도 아닌데, 아이들 스스로 한다.

한 달 뒤에 대회가 있는데 코치가 없다고 했다.
도와주지 않을 수가 없었다. 너무 기특하잖아.
반짝반짝 빛나는 아이들이었다. 나도 같이 빛나고 싶었다.

좋아하는 것을 좋아하는 사람은 빛난다.
그게 축구든, 야구든, 노래든, 그림이든 뭐든.

그런데 우리는 자주 포기한다.
그거 한다고 성적이 오르는 것도 아니고,
당장 돈이 되는 것도 아니니까.
우선순위에서 밀린다.

멍청한 생각이다!
좋아하는 것은 계속 좋아해야 한다.

이 반짝이는 에너지는 단순히 '좋아하는 것'에만 머무르지 않는다.

앞으로 나아갈 힘이 된다. 새로운 경험의 문을 연다.
무언가에 몰두하는 방법을 가르쳐 준다.

길이 없으면
만드는 편

[106km 7시간 11분]

그저 자전거 타기

단조롭다.
앞으로 별다른 변수는 없을지도 모르겠다.

비슷한 풍경.
비슷한 거리.
비슷한 하루.

그런데 중요한 것은 미국 자전거 횡단이 아니다.
그 속에 있는 사람이다.

결국 이야기를 써내려가는 것은

'나'라는 사람이다.

이 무난함 속에서
나는 또 어떤 새로움을 발견할까?

Day 40

효율적으로 낭만을 잃어가는 중

편한 길만 골라서 다니고 있다.
40일쯤 해보니까 감이 잡힌다.
덕분에 하루가 별 탈 없이 흘러간다.

횡단 초반에는 무턱대고 산을 올랐다.
흙이든, 자갈이든, 길이 있든 없든 그냥 끌고 다녔다.
아무것도 몰랐으니까! 다들 이렇게 하는 것인 줄 알았다.

꽤나 고생했지만, 그 덕분에 엄청난 자연을 보기도, 다양한 사람을 만나기도 했다.

그런데 지금은 안 그런다. 못 그런다.
저 길이 얼마나 힘든지 아니까 감히 못 들어간다.
약간… 나이 먹는 거랑 비슷한 느낌.

무모함을 잊었거나,
안정감을 찾았거나.

아, 집에 가고 싶다

늦잠을 자버렸다.
눈 뜨니까 11시.

원래는 불안해서 일찍 깨는데, 요즘은 그런 게 없다.
이 생활도 이제 일상이다.

그런데 굉장히 외롭다. 하루 종일 징징거린다.
이 또한 계획에 있기는 했다. 외로울 것은 알고 시작했으니까.

이럴 때마다 써먹는 문장이 있다.
과거의 내가 적어 놓은 내가 사랑하는 문장들.

1. 힘듦과 문제를 구분해야 한다

달릴 때 숨이 차는 것은 '힘듦'이다. 무릎이 아픈 것은 '문제'다. 만약 내가 느끼는 고통이 전자라면, 그냥 참고 견디면 된다. 강해지는 중이다.

2. 스스로 택한 어려움은 애로사항이 아니다

우리는 밤새워 공부하는 서울대생, 종일 운동하는 축구선수를 위로하지 않는다.

외부에서 오는 자극이 줄어드니 내면으로 빨려 들어가고 있다.

길이 없으면 만드는 편

특별히 정해진 루트는 없다. 어차피 예상대로 흘러가지 않으니까. 일단
출발하고, 눈으로 확인하고 그제야 정한다.

버려진 길을 발견했다. 횡단 초반에는 생각 없이 들어갔는데, 오늘은 좀 망설였다. 곰이 나올까 무섭다. 아는 게 많아진 만큼, 딱 그 크기만큼 두려움도 함께 커졌다. 그래도 일단 들어갔다. 관리되지 않은 산길. 덜컹거림을 버티니 출구가 나왔다.

덕분에 한적한 공간을 발견했다. 차도 없고, 사람도 없으며, 오로지 길만 있는 바로 그런 곳! 오랜만에 영상도 찍으면서 여유롭게 놀았다.

외로움이란 뭘까? 계속 고민하며 달렸다. 그런데 여전히 모르겠다. 모르는 녀석이랑 싸우려니 더욱 어렵다.

생각해보면 나는 외로움을 알려고 한 적이 없다.
숨기기 급급했기 때문이다.
외로움은 혼자 견뎌내는 것이라고 배웠다.
'마! 남자가 그것도 못 참나?'

그래서 이 글은 스스로 세운 그 잣대를 무너뜨리려는 시도다.

마침 미국 자전거 횡단이라는 좋은 핑계가 있다. 이 외로움이 뭔지, 어떻게 다뤄야 하는지, 입 밖으로 열심히 내뱉어 보는 중이다.

7장

도전의 끝에서
길을 잃다

Riding Across America: 5,000km on a Bicycle

왜 도와주는 거예요?

Day 44   [26km 도시 관광]

휴식

푹 쉬었다.
다음 목적지는 시카고!

불멍을 때렸다

모기가 너무 많다. 얼른 텐트를 치고 들어갔다.
밖에서는 부스럭 소리가 들린다.
캠핑장에 나밖에 없는데, 지나가는 동물이겠지.

내가 겁이 없는 편인가?
위험과 두려움을 구분해야 하는데, 어렵다.

분명 밖에서 자는 게 위험하지는 않다.
그런데 또, 내 여동생이 똑같이 하겠다고 하면 뜯어말릴 듯.

잠시 텐트 밖으로 나와 불을 지폈다.
연기 덕인지 벌레가 꼬이지 않는다.

그렇게 또 생각에 잠겼다.

뭐가 올바른 여행일까?

강아지랑 미국 횡단한 사람이 있다.
여자 혼자. 계획도, 대책도 없다. 끌리는 대로 가다가 마을 주민의 도움을 받아 숙소를 해결했다. 4,000km를 달리는 데 3개월이 걸렸다. '느린' 여행이다.

또 다른 내 또래의 모험가 유동현.
미국 5,600km를 39일 만에 완주했다. 하루 종일 달리고, 어떤 날에는 200km를 넘게 달렸다. 대부분 밤을 텐트에서 보냈다. '빠른' 여행이다.

유튜버 대빠리 형님.
5,000km를 80일 동안 횡단했다. 마을에서 며칠 머물면서 구경하기도, 중간 구간은 기차를 타고 여행하기도 했다.

이 셋 중에 뭐가 올바른 여행일까?

그딴 거 없다. 여행에 옳고 그름이 어디 있냐? 끌리는 대로 하는 거지.

작년 이맘때, 나는 산티아고 순례길을 걸었다.
보통 30일은 넘게 걸리는데, 나는 19일 만에 완주했다. 굉장히 빠르게 걸었다. 이 19일 동안 엄청나게 많은 조언을 들었다.

"순례길은 레이스가 아니다."
"풍경도 보면서 천천히 가라."
"지금처럼 하다가는 후회할 거다."

다 맞는 말이다.

그런데, '나'에게는 맞지 않는 말이었다.

왜냐하면 그 19일 동안의 산티아고 행군은

내 인생 최고의 순간이었거든.

미국 자전거 횡단도 이제 후반부다.

마지막을 어떻게 장식할지 고민이다.

마음에 드는 선택지가 있지만 걱정된다. 사람들이 그렇게 하지 말라고

조언할 것 같아 여전히 고민 중이다.

고작 미국을 횡단할 때도 이런데, 인생을 횡단할 때는 또 어떨까? 마지막 15일을 고르는 것도 이렇게 흔들리는데, 남은 인생 70년의 기로에서는 어떨까. 엄청나게 흔들리겠지.

결론은 뻔하다.

'마이 웨이'가 정답이다.

그 수많은 조언 중 나를 책임질 수 있는 것은 없다.

남의 말대로 했다가 내 마음에 안 들면 어쩔 건데?

물어내라고 할 거냐. 원망할 거냐.

고르는 것도 나고, 감당하는 것도 내가 되어야 한다.

서로를 위한 최고의 선택이다.

…라고 말하지만, 나는 여전히 중심을 잡지는 못한다.

감사의 응원과 조언들인데, 어떻게 모른 척할 수 있나 싶다.

하루 종일 걱정만 하네!

시카고 입성

열심히 달렸다.
시카고까지 들어가는 길은 자전거 도로가 너무 잘되어 있다. 그냥 생각 없이 페달만 밟으면 된다.

도심에 가까워지니 사람도 많아진다. 한가롭게 자전거를 타는 사람들을 계속 마주쳤다.
시골에서는 마주 오는 바이커와 99% 확률로 인사를 나누는데, 도시로 들어오니 그 확률이 50%로 줄어든다.

오후 3시.
예약해놓은 시카고 미용실 근처 공원에 도착했다.
땀을 삐질삐질 흘리는 모습으로 들어갈 수는 없으니 신사답게(?) 준비해놓은 긴 바지로 갈아입고, 미용실에 들어갔다.

자전거 횡단이라는 개고생을 택하고서는 무슨 미용실이냐고 하겠지만, 내 마음이다. 나는 패션 모험가이기 때문에 용모도 단정해야 한다.

군대에 있을 때, 세계여행을 꿈꿀 때
나는 어떤 모습의 여행자가 될까, 그리곤 했다.

그래서 네이버에 '세계여행'이라고 검색했는데, 흔히 상상하는 '까무잡잡한 피부 + 깡마른 몸 + 덥수룩한 머리 + 아주 행복한 표정'의 사람들이 나왔다. 사진 속의 인물은 행복해 보였지만, 건강해 보이지는 않았다. 잘 먹고, 잘 자는 것 같지 않았다.

그래서 그때 결심했다.
행복한 표정은 가지되, 건강과 단정한 용모도 챙기자고.

나에게는 그게 너무 중요하다(적고 보니 미용과 크게 관련 있지는 않은 것 같다).

한인 미용사가 반겨줬다. 친절하게 자전거도 실내로 넣어 주셨다.
시카고에는 자전거 도둑이 많다고 한다. 그렇게 시작된 사장님과의 스몰 토크!

사장님은 내 나이 때 미국으로 건너왔다. 일을 시작하고, 영어를 배우며, 열심히 살아서 본인의 가게를 가졌다.

이후 가정을 꾸리고 묵묵하게 살아가고 있는 가장이었다. 운동을 좋아하고, 여행도 좋아하지만, 가족을 더 사랑하는 그런 아버지의 모습. 그래서 나의 젊음과 자유로움에 흥미를 느끼셨던 것 같다.

머리를 공짜로 잘라주시고,
시카고 피자도 사주셨다.
진짜 꿀맛이었다.

이후 자전거를 타고 호스트인 루이스 집으로 향했다.
SNS로 연락을 받았고, 며칠간 신세를 지기로 했다.

집에 자전거가 무려 3대.
공구들이 엄청 많은 수리 공간도 있고, 게스트를 위한 룸도 깔끔하게
준비되어 있었다.

Day 52 [125km 7시간 22분]
왜 도와 주는 거예요?

나는 이기적인 사람이다.
남을 돕고, 기부도 하지만,
어디까지나 나에게 이득이 되기 때문이다.

모든 것을 계산해서 행동한다.
다른 사람들도 같다고 생각했다.
그런데… 지금은 잘 모르겠다.

잘 알지도 못하는 사람을 재워주고, 먹여주고, 차도 태워주고, 선뜻 용
돈까지 보내준다. 매일 관심을 가지며 응원해주는 분들이 있다. 어제는
미용실에 갔다가 피자를 얻어먹고 나왔다. 지금은 시카고 현지인 집에
머물면서 짜파게티를 선물 받았다.

아무리 생각해도, 이런 행동이 그들에게 크게 이득이 될 거 같지는 않
다. 그렇다고 내가 무슨 대단히 역사적인 일을 하는 것도 아니고… 고
작 자전거 여행인데.

정말 감사함과 동시에 궁금증이 든다. 도대체 왜 도와주는 것일까? 자전거를 타는 내내 의문을 곱씹었다.

> @kim*** 누군가의 도움을 받아본 사람은 알 거예요. 이유 없어요. 그냥 도와주고 나면 본인이 행복하고 기쁨으로 충만해져요. 그리고 님의 도전이 기특해 보여서 도와주고 싶은 마음이 올라온 거겠죠.ㅎㅎ 끝까지 힘내시고, 안전하게 다니시길.
>
> @bib*** 내가 받은 도움을 갚고 싶어서요. 20살 제가 국토 순례할 때 순창에서 어떤 할머니께 고추장을 공짜로 받았는데, 맨밥에 비벼 먹었던 그 고추장 맛을 평생 잊지 못합니다. 어른이 되어서 다시 찾아뵈었지요.
>
> @hon*** 나라를 구하는 일은 아니지만… 젊은 사람이 그저 그렇게 놀고 싶을 수도 있는데, 뭔가 도전한다는 것이 기특하잖아요. 그저 '좋아요' 눌러주는 것이 다지만, 힘이 된다면 얼마든지 해줄 수 있어요. 가는 길 사진으로 같이 가주는 느낌으로~ 응원합니다~ 성공하세요~

나의 의문에 여러 개의 댓글이 달렸다.

솔직히 말하면,
목적을 잃었다

Day 53   [108km 5시간 18분]

직장 생활

자전거 횡단을 시작한 지 50일이 넘었다.

어떤 느낌이냐면…
직장을 다니는 것 같다.

부지런히 일어나서 자전거를 타고, 좀 쉬다가 잔다.
어제는 새벽 3시까지 휴대폰을 했다.

처음에는 모든 게 특별했는데,
요즘의 반복되는 하루는 그다지 소중하게 느껴지지 않는다.

나 이거 왜 시작했더라?
여러 목표가 있었고, 대부분 이뤘다.
이제 딱 하나, '완주'만 남았다.

그런데 이상하게도 설레지 않는다.
나는 지금 어떤 태도를 취해야 하지?
의문이다.

그냥 달리는 중

미시간에서 3일 동안 나를 재워준 대학교 친구 영준이.
그는 현재 두 아이의 아빠다. 영준이는 나의 자유로움을, 나는 그의 안정감을 부러워했다.

내가 "목적을 잃었다"라고 하니까 사람들이 많은 이야기를 해줬다. 그 중 가장 인상 깊었던 내용.

"아직도 설레면 심장병이야."

익숙해는 게 정상이라고. 결혼 생활과 나의 미국 자전거 횡단기를 비교하며 말씀해주셨다.

결혼은 아직 안 해봤지만…
정말 비슷하려나?

재미가 없어졌다는 것은 아주 감사한 일이라고.
더 이상 크게 힘들지 않다는 증거니까, 목표에 다다를 수 있을 거라고.

아무튼 확실히 내가 심장병은 아닌 것 같다.

짐 무게를 줄였다.
날씨도 선선하고 바람도 순풍이다. 오늘도 100km를 달렸고, 아무 일도 일어나지 않았다.

어느덧 디트로이트에 도착했다.

폐건물을 구경하려고 했는데 실패했다. 보긴 봤는데 낮이라서 별 느낌이 없다. 분위기는 오늘 묵는 숙소가 더 살벌했다.

미국 자전거 횡단, 4,000km를 돌파했다.

4,065km, 거의 다 왔다.

마지막 계획

마지막 1,000km는 전력 질주로 달릴 예정.

이유는…

그냥 그렇게 해보고 싶어서.

Day 58

오늘은 그냥 자야지

뇌에 안개가 낀 것 같다.
며칠 전부터 그랬다.
달리는 거리가 늘어난 탓인가.

오늘은 꼭 10시간 넘게 자야지!

Day 59

진짜 죽을 뻔했다

자전거 도로가 끝나니 차도가 나왔다.
해는 완전히 저물었다.

숙소까지 남은 거리는 약 5km. 20분이면 도착이다.
라이트를 켜고 도로 바깥쪽에 붙어 달리기 시작했다. 가파른 오르막이
나왔다. 그런데 하필 후미등이 배터리가 다 됐는지 불이 들어오지 않는
다. 그래도 끙끙거리면서 올랐다.

욕이 절로 나왔다. 어둠 속에서 자전거를 타면 압박감이 배가 된다. 차
가 지나갈 때마다 백미러로 움직임을 확인했다.

원래 오르막에서는 천천히 달리는데, 지금은 도저히 느긋할 수가 없다.
땀이 비 오듯이 흐른다.

212

정상 도착.
이제 숙소까지 2km만 더 가면 된다.
마지막 코스는 4차선 도로. 심지어 내리막!
신나게 내달렸다.

'조금 더 가서 좌회전만 하면 오늘 일정이 끝난다.'
이 생각을 하는 순간, 공중에 몸이 떴다.

시속 40km.
도로 한가운데.
쭉 뻗은 아스팔트 길이라는 생각에 긴장을 놓았다.

문턱만 한 장애물이 있었고, 어두운 탓에 미처 발견하지 못했다. 앞바
퀴를 그대로 들이박았고, 몸이 튀어 올랐다. 핸들을 잡고 있던 양손이
풀렸다.

'억' 하는 소리가 나왔다. 손가락 끝만 후드(손잡이 중 위로 치솟은 부분)에
아슬아슬하게 걸쳤다. 중심을 낮추고, 간신히 브레이크를 잡았다.

턱이 0.1cm만 높았다면, 속도가 조금 더 빨랐다면
나는 그대로 도로 위에 고꾸라졌겠지.

'어떻게 됐을까?'
오만가지 생각이 들었다.

곰을 만났다.
진짜로

Day 60

몸은 힘든데 하늘이 너무 예쁘다

아무래도 버티는 힘이 좋아졌다.
허벅지가 터질 것 같다가도, 한 5분 정도 쉬면 괜찮아진다.
그렇게 스무 번을 반복하니 산 하나를 넘었다.

여전히 별생각은 없다.
멍도 때리고, 노래도 듣는다.
목적은 잃었지만, 하루하루 성취감은 남는다.

이게 결국 뭐가 될까?
선을 그리고 있는데, 어떤 모양인지는 잘 모르겠다.
여정이 끝난 뒤 색을 칠하고 있을 내 모습이 궁금하다.

마지막 고난

날카로운 쇳소리와 함께 체인이 끊겼다?
곰을 만났다?
허리케인에 휩쓸렸다?

매번 상상했다. 마지막에는 도대체 어떤 어려움이 나를 기다리고 있을
지. 이미 웬만한 것은 다 겪어봤는데. 그렇다고 이 여정이 이렇게 쉽게
끝날 리가 없는데….

그런데 이것은 전혀 예상하지 못했다.
마지막 어려움이 이거라니.
'그냥… 자전거를 타는 게 힘들다!'

엄살 부리는 게 아니다.
진짜 오르막이 너무 많다!
계속 오른다.
계속.
계속.
가장 순수한 어려움을 만났다.

사랑하는 고향, 울산 울주군 영남 알프스 지대를 자전거로 여행하는
느낌. 저 푸른 초원 위에 그림 같은 집이 있는 높고, 멀고… 그렇다.

그렇게, 막판 전력 질주 계획은 수포로 됐다.
끙차끙차 달리는 중이다.

Day 62   [143km 9시간 17분]

힘듦은 잘 즐기는데

오르막 내리막의 끝없는 반복.
오르막에서는 헉헉거리고, 내리막에서는 걱정한다.

열심히 올랐다면 휙 내려가는 순간을 잠시 즐기면 되는데,
이것을 내려가면 또 다른 오르막이 나올 거라는 생각에 매몰된다.

힘듦은 잘 즐기는데
여유는 못 즐기고 있다.
내 열정의 근원이 행복이 아닌 불행에서 나왔기 때문인가?

열심히 살아야겠다고 생각했던 계기가
'더 행복해지기 위해서'가 아니라
'덜 슬프지 않기 위해서'였으니까.

나는 고점보다는 저점에서 더 강한 것 같다.

'올타'는 옳다

주인을 잘 만나서 고생 중인 나의 자전거.
펑크도 때울 줄 몰랐던 내게, 패기 하나만 보고 기꺼이 제품을 지원해
준 사장님들께 감사함을 전하고 싶다.

휠 이름은 올타(Oltah).
정말 옳았다.

프레임은 슈퍼몬드다.
세상에서 제일 빠른 자전거를 만드는 곳이다.

내가 자전거는 잘 모르고, 빠르게 달리는 법도 잘 모르지만,
이 녀석들은 정말로 잘 만들어지기는 했다.

10kg가 안 되는 무게로, 80kg짜리 사람에 20kg가 넘는 짐을 싣고
5,000km를 달렸다.

어떻게 한 거지?
나도 모르겠다.
그냥 달렸다.

Day 64 [104km 8시간 12분]

곰을 만났다. 진짜로

갈림길에 섰다.
구글 지도는 오른쪽 4차선 대로를 가리키지만, 왠지 마음에 들지 않는
다. 왼쪽에 보이는 마을길에 들어섰다.

'굿 초이스!'
한적하게 뻗은 2차선 도로로 조금 돌아가더라도 마음이 편하니 좋다.
저 멀리 커다란 강아지 한 마리도 보인다.

덩치가 곰만 한 게, 미국은 역시 개도 스케일이 크다.
어… 그런데
브레이크를 잡았다.

곰만 한 개가 아니다.

진짜 곰이다!…

분명히 나를 쳐다보고 있다.

나는 '곰을 만났을 때 행동 요령'에 대한 영상을 10번 넘게 봤다. 덕분에 나의 알고리즘은 곰 이야기로 가득 찼고, 저기 보이는 녀석은 포악한 그리즐리곰이 아닌, 상대적으로 만만한(?) 흑곰인 것을 알 수 있었다.

녀석이 나를 계속 응시한다.

녀석과 나 사이의 거리는 약 20m.

이 정도 거리면 곰이 달려들었을 때 대응할 시간이 충분하다.

왼쪽 주머니에 있던 아이폰 15pro max의 5배 줌 기능을 활용해 이 엄청난 순간을 영상으로 남겼다.

나는 저 길을 지나야 한다.

한참을 가만히 있던 곰이 수풀 속으로 이동했다.

천천히 곰이 있던 곳을 향해 자전거를 타고 다가갔다.

계획은 이랬다.

만약 숨어 있던 녀석이 갑자기 나타나면 자전거를 던져 1차 방어를 한다. 이후에는, 아무래도 돌려차기보다는 뒤후려차기로 곰의 왼쪽 턱을 노린다. 감히 태권도 유단자인 나를 건드리다니.

하지만 현실은…

가방 속에 모셔둔 곰 스프레이를 꺼내 들었다.

천천히 빙 둘러서 다가서니, 곰은 킁킁거리며 음식을 찾고 있었다. 나한테는 별 관심이 없어 보인다.

그러나 유튜브 지식에 의하면, 흑곰은 목표물을 방심시킨 뒤 덮치는 습성이 있다. '저 녀석이 나랑 심리전을 펼치고 있는 게 분명하다'라는 생각을 하는 사이, 뒤쪽으로 자동차 한 대가 지나갔다. 그 소리에 놀라 곰은 숲속으로 도망쳤다.

내가 이겼다?!

미국에서 곰과 마주치고 싶지 않았지만, 또 한편으로는 마주치고 싶었다. 위험하기는 싫은데 야생곰을 만나보고는 싶은 그런, 치기 어린 나의 모험심. 그런데 진짜 대낮에 민가를 돌아다니는 곰을 보게 될 줄은 몰랐다.

아드레날린이 들끓었다.
남자가 왜 빨리 죽는지 알 것 같다.

뉴욕까지 하루 남았다!

뉴욕 도착 8시간 전

Day 65 ────────────────────── [100km, 7시간 7분]

마지막 날

뉴욕은 너무 멀다.
그래서 목표를 '하루'로 잡았다.

미국 자전거 횡단을 완주하는 것은 정말 막막하지만,
오늘 하루를 완주하는 것은 할 만하다.
그렇게 하루씩 쌓아 64번을 찍어냈다.

점을 모아 선으로 이었고,
곧 마침표를 찍는다.
오래된 꿈을 이룬 날
나는 과연 어떤 표정을 짓고 있을지 궁금하다.

마지막 100km 남았다.

아침은 어느 호텔에서 먹었다.
뉴욕에 가까워질수록 숙소 가격이 미친 듯이 올라가
어쩔 수 없이 외딴 도로 옆에 있는 숙소에서 묵었는데
의외로 시설이 꽤 좋았다.
아니, 솔직히 말하면 지금까지 가본 곳 중 최고였다!
가격은 70달러로, 한화 약 10만 원.

한국으로 치면 딱 이거다.
경기도에서 서울로 들어오는 뻥 뚫린 도로 옆에
뜬금없이 있는 생각보다 나쁘지 않은 리조트 느낌.

손님 대부분은 나이 지긋한 어르신들이었고,
다들 부지런하셔서 조식 시간부터 식당이 시끌벅적했다.
이 풍경도 내가 자전거를 타지 않았다면

평생 볼 일은 없었겠지.

자전거 여행의 가장 큰 특징은 이거다.
평생 지나갈 일도, 알 리도 없는 마을들을 지나가게 된다는 거다. 정말
말 그대로 '지나간다'에 그치지만, 이상하게도 그 경험이 특별하게 남
는다. 단언컨대 트럼프도, 일론 머스크도 여기는 안 와봤을 거니까.

오전 10시를 조금 넘겨 출발.

뉴욕까지 남은 거리는 약 100km.

역시나 별생각이나 감정이 떠오르지는 않았다.

그저 지금까지 반복해왔던 수많은 하루 중 하나.

그래도 뭐, 궁금하긴 하다.

타임스퀘어에 도착한 나는 어떤 모습일까?

그동안 다양한 목표를 이루면서 살았다.

걸어서 국토 종주를 하고,

산티아고 순례길을 걸었다.

그때마다 끝에 다다르면

뭔가 대단한 감정이 터질 줄 알았다.

하지만 개고생 끝에 목적지에 다다른 순간에는 별것 없었다.

'아, 끝났구나.'

이게 전부였다.

그래도 이번 미국 횡단은 조금 다르지 않을까?

나도 환희에 차서 울어보고 싶다!

자전거를 타다가 힘들어서 눈물이 찔끔 난 적은 있으니,

어쩌면 오늘은 진짜로 울 수도 있지 않을까,

그런 기대를 아주 살짝 품었다.

그 유명한 '뉴저지'를 달렸다.

뉴욕이랑 가깝고, 집값이 상대적으로 저렴해서

한국인이 많이 산다는 바로 그곳.

그런데 막상 달려 보니
뉴저지도 엄청나게 컸다.
뉴욕과 가까운 곳은 일부였고,
나는 여전히 한참을 더 달려야 했다.
마지막 날이라고 해서
길이 마냥 쉬운 것은 아니었다.
큰 산도, 끝없는 평야도 없었지만
잔잔한 오르막과 내리막이 계속 이어졌다.
땀이 삐질삐질 흘렀고, 다리는 묵직해졌다.

그래도 조금씩 목표에 다가서는 느낌이 나쁘지는 않다.
아니, 정확히 말하면 좋았다!

묵묵하게 달려온 그 목표에 곧 다다른다는 사실이, 생각보다 행복했다.
몇 주째 계속 봐왔던 풍경인데 웃음이 실실 나왔다.

아, 진짜 끝나긴 끝나는구나.
'이제 내일부터는 자전거 안 타도 된다.'
이 생각 하나만으로도
세상이 조금 가벼워졌다.

뉴저지의 끝자락에 도착했다.
이제 2시간만 더 달리면 진짜 끝이다.

그런데 갑자기 한국이 튀어나왔다.

'포트리'라는 동네인데, 무슨 '아재 순대국밥', '김영○ 미용실' 이런 한
국어 간판이 수두룩했다.

아, 여기가 바로 그 뉴저지구나.

한인들이 많이 산다는 거기!

다리에 올랐다.

이 다리를 건너면 진짜 뉴욕이다.
눈에 보이는 풍경이
조금씩 바뀌기 시작했다.

영화나 드라마처럼 대단히 극적인 엔딩은 아니었지만,
이 정도면 마지막을 자축하기에 충분했다.
살랑살랑 바람을 맞으며 힘차게 다리를 건넜다.
저기 멀리, 거대한 빌딩 숲이 보인다.

뉴욕 도착

마침내 다리를 건넜다.
이제⋯ 다 왔나 싶었는데, 아니다. 아직 1시간은 더 가야 한다.
강변을 따라 달렸다. 가다 보니 화장실이 나오길래 야심 차게(?) 볼일도
보고, 물병에 물도 꽉 채웠다. 분명 목적지인 타임스퀘어에서 물을 사
먹는 것은 비쌀 테고, 화장실도 없겠지!

조금씩, 정말 조금씩 가까워졌다. 강변 자전거길에서 벗어나 도심의 중
앙으로 들어서자 풍경이 확 바뀌었다.

사람이 정말 많았다. 차는 더 많았다. 그런데 자전거 도로가 잘되어 있
어 자전거를 타기에는 아주 편했다. 그렇게 사람 숲을 헤쳐 건물 사이
사이를 지나 큰 공간으로 들어왔다.

어⋯ 여긴가? 이게 끝인가?
구글 지도를 켜서 현재 나의 위치를 확인했다.

'맞다.'

여기가 그 유명한 타임스퀘어다.

내가 65일 동안 고대했던 그곳.

'끝이다!'

타임스퀘어를 목적지로 잡았지만, 사실 나는 타임스퀘어가 어떻게 생겼는지, 뭐 하는 곳인지 잘 모른다. 그래서 도착하는 순간까지도 이게 끝난 것인지, 안 끝난 것인지 알쏭달쏭했다.

아무튼 뭐, 점 찍어놓은 곳에 내가 서 있으니 끝나긴 했네!

뉴욕에 거주 중인 한국분이 사진을 찍어주러 오기로 했다.

몇 주 전에 인스타그램을 통해 연락이 닿았고, 기념사진을 부탁했더니 흔쾌히 수락해주셨다.

그때 든 생각은 꽤 현실적이었다.

'이제 5분 정도 있으면 오실 텐데… 환희에 찬 내 모습을 기대하시겠지? 그럼 활짝 웃어줘야 하나? 아, 어색한데.'

딱 그 정도였다.

그러니까 대단히 기쁘거나 벅차거나 울컥하지는 않았다.

그저 내가 생각하고, 계획하고, 실행하고, 그리고 몸으로 버텨냈던 모든 과정이 끝났을 뿐이다. 이제 할 일은 사진을 찍고, 숙소에 체크인하고, 저녁을 먹는 것.

열심히 기념사진을 찍었다.

그런데 찍어주시던 분이 갑자기 동영상 촬영 버튼을 누르더니, 내 지금 기분이 어떠냐고 물으셨다. 우려했던 질문을 받아버렸다. 뭔가 대단히 감성적인 대답을 기대하고 있을 텐데, 나는 그렇지 않았다.

타임스퀘어는 사람으로 가득했다.
번쩍번쩍하는 전광판들이 예쁘기도, 복잡하기도 했다.
나는 그 한가운데 서 있었다.
그게 전부였다.

끝은 새로운 시작

미국 횡단이 끝나고, 뉴욕에서 2주를 머물렀다.
목표는 하나였다.
'아무것도 하지 않기.'

머릿속이 이미 새로운 경험으로 가득 찼다.
65일 동안 본 풍경, 만난 사람, 몸으로 버틴 기억들.
아직 아무것도 정리가 안 됐다.
그래서 그냥 쉬고 싶었다.
천천히 쉬다가 돌아가야지.

하지만 어림도 없었다.
14일 동안 14개의 새로움을 겪었다.

1. 뉴욕 배경 음악 영화에 엑스트라로 출연했다.

2. 브루클린 부잣집에 초대받아 3시간 동안 성공에 관해 이야기를 나눴다.
3. 인생 첫 콘서트를 관람했다.

이 외에도 많은 일이 있었다.
그런데 뭐, 내가 의도적으로 한 것은 아니다.
그저 재미있어 보이는 것을 따라갔다.

우연에 우연이 겹쳐 다양한 인연이, 새로운 기회가 만들어졌다.
생각의 범위가 조금씩 더 넓어졌다.

머리가 터져버릴 것 같았다. 미국 횡단 기간에 미뤄놨던, 현실적인 고민
이 한꺼번에 올라왔기 때문이다.

공식적인 나의 직업은 백수다.
앞으로 뭐 해서 먹고살지?
어떻게 살아가지?
내가 하고 싶은 게 뭐지?
답은 없는데, 질문만 선명해졌다.

열정적으로 살게 된 계기는 명확하다.
아빠가 죽었다.
의식을 잃기 전까지 돈 걱정을 했다.
그게 너무나도 분했다.

그래서 성공해야겠다고 생각했다.
부자가 되어야겠다고 마음먹었다.
나에게 똑같은 위기가 찾아왔을 때,

나와 내 가족을 지켜내기 위해.

그래서 도전하기 시작했다.
어제와 똑같이 살아가면 아무것도 변하지 않을 테니까.
지금에서 도망쳤다. 새로운 환경에 나를 던졌다.
끊임없이 나를, 담금질했다.

그런데 지금은 잘 모르겠다.
아버지의 죽음은 시작일 수는 있어도,
목표가 될 수는 없기 때문이다.

아, 머리가 터질 것 같다.

도전은 아마 죽기 전까지 할 거다.
재미있으니까!
처음에는 변화하기 위해서 시작했는데,
지금은 즐거워서 계속한다.

그런 의미에서 미국 횡단은 분명, 도전이었다.
출발 전에는 정말로 두려워서 온몸이 떨렸다.
영어도 못 하는 내가 그 광활한 대지에 혼자 나선다고 생각하니 온 신
경이 곤두섰다.

하지만 이제 사막 마라톤을 뛰고, 히말라야를 오른다고 해도
예전만큼 두렵지는 않을 것 같다.
할 수 있을 것 같다는 생각이 먼저 든다.
도전의 모양을 바꿔볼 예정이다.

내가 해보지 않은 것.
정말로 두려운 것.
그럼에도 불구하고,
너무나도 재미있어 보이는 바로 그것.

고민하고, 찾아내고, 그냥 시작한다.

에필로그
두려운 곳으로 나아가기

미국 횡단이 끝나고, 한국에서 다시 일상을 살아가는 중이다. 그런데 이 일상의 모습이 미국 횡단 이전과는 꽤 다르다.
내 인생이, 내 선택대로 흘러가고 있다.

사실 미국 횡단을 해낸 한국인은 많다. 직접 찾아본 사람만 해도 10명은 넘으니까. 그러나 이 이야기를, '나만의 이야기'로 만들어본 사람은 많지 않았다.

그래서 내가 해보기로 했다. 미국 횡단을 대단하게 할 자신은 없어도, '서성구만의 방식으로' 할 자신은 있었으니까. 나는 항상 같았거든. 일단 시작하고, 끝까지 버텼다. 그리고 이 모든 과정을 있는 그대로 기록했다.

출발 이틀 전, SNS에 영상을 올렸다. 조회수 200만 회가 터졌다. 이후 미국 횡단 65일 동안 60개의 이야기를 기록했다. 사실상 매일 써서 올렸다. 사람들이 가장 적게 본 날도 3만 명이 봤다.

5개 채널과 인터뷰를 했다. 여행사에서 미팅 요청이 왔다.
크리에이터 기획사로부터 계약 제안을 받았다.
여행이 또 다른 여정을 낳은 셈이다.

확신을 얻었다.
역시, 일단 움직이면 무언가 바뀌는구나.

미국 횡단이라는 꿈이 끝났다. 그리고 새로운 꿈에 도전하는 중이다.

나는, 나의 이야기를 팔고 싶다. 영향력을 만들고 싶다. 아주 끝장나게 살아보고 싶다. 처음에는 도망치듯 시작했지만, 이 또한 나의 경험이니까. 도전하고, 성장하며, 끝까지 버티는 과정이 너무나도 즐겁다는 걸 몸으로 겪어버렸다.

이제는 안다. 이 모든 변화는, '완벽해서'가 아니라, '움직였기 때문에' 생겼다는 걸. 자퇴하든, 여행을 떠나든, 여러 가지 제안을 받든, 결정은 내가 한다. 움직일지 말지도 내가 정한다.

'오지 여행 인솔자'라는 직업을 얻었다. 크리에이터 기획사와 '도전을 나누는 프로젝트'를 시작했다. 내 세상이 계속 넓어지는 중이다.

이번에도 처음이다. 재미있어서 시작했던 일에, 본격적으로 몸을 던지고 있다. 아마 대차게 흔들리겠지. 감당할 수 있을지 의문이다.

그래서 설렌다. 나는 여전히, 두려운 곳으로 나아가고 있다.
또다시 흔들릴 내가, 혹은 지금의 당신이, 이 사실을 기억했으면 한다.
일단 움직이면, 그다음은 따라온다는 것.

어차피, 완벽히 준비된 도전은 없다.

미국 5,000km 자전거 횡단 Q&A

Q. 살은 얼마나 빠졌나요?

A. 출발할 때 80kg, 횡단 종료 후 80kg로 그대로다. 피자, 햄버거, 초코바가 주식이었다.

Q. 최대 며칠간 안 씻었나요?

A. 이틀이다. 진짜 모험가들은 안 씻고 2주는 버티던데, 나는 못 하겠다. 패션 모험가로 만족하는 중이다.

Q. 돈은 얼마나 썼나요?

A. 하루 10만 원×50일 = 500~600만 원을 예상했는데, 턱도 없었다. 숨만 쉬어도 돈이 나갔다. 우연히 만난 분들이 먹여주고, 재워주며, 응원도 보내줬다. 덕분에 배부르고, 따뜻하게 지냈다. 감사합니다!

Q. 제일 맛있었던 음식은?

A. 횡단 중반, 위스콘신주 매디슨의 가정집에서 먹었던 '미국식 폭립 바비큐'다. 10시간 동안 정성을 들여 만들어주셨는데, 그 맛을 잊을 수가 없다. 고기가 입에서 살살 녹았다.

Q. 아픈 곳은 없나요?

A. 너무 멀쩡하다. 젊으니까 금방 회복되더라. 지금이 소중한 이유다! 내 몸은 지금 자유롭다(물론… 마음은 종종 아팠다. 혼자는 외롭다).

Q. 미국 횡단을 다시 하라고 하면 하나요?

A. 물론이다! 그런데 자전거 말고, 부릉부릉 자동차로 할 거다.

Q. 뭘 느꼈나요?

A. 아직은 잘 모르겠다. 한국에 돌아가서 다시 일상을 살다 보면 알게 될 수도.

Q. 여행 전후 변화가 있다면?

A. 출발할 때는 스포츠머리였는데 완주하니 머리카락이 길어졌다. 팔다리가 엄청나게 까매졌다. 이것 말고 변화는 글쎄. 지금부터가 시작인 듯하다. 이 경험을 '어떻게' 활용할지에 달렸다.

Q. 하고 싶은 말은?

A. 첫날에는 자전거 뒷바퀴를 빼는 법도 몰랐다. 펑크 수리를 못 해서 히치하이크했다. 그래서 더욱 다채로운 여정이었다. 아무것도 모를 때 시작해야 한다. 그때는 바로 지금이다. 어차피, 완벽히 준비된 도전은 없다.

Q. 이제 한국에서 뭐 하나요?

A. 모른다. 아무것도 정해지지 않았다. 그러나 한 가지는 확실하다. 뭐라도 할 거라는 확신이 든다. 나는 뭐든 할 수 있다.

도와주신 분들(후원자 목록)

※ 후원자 목록은 가나다, 알파벳 순서입니다.

[경비 후원]

강경범	김하제	오혜영
강성국	김형래(알라FC)	옥세환(지코바인계1호점)
강승현	김희정	왕이담왕이봄
강윤정	나혜란	우춘호
강융진	남궁미(mee_hmdh)	울세이너
강인규	됴~!!	유림
강찬우	류재후	윤리라
강현지	문채영(화이팅)	응원함^^이미영
강현호(Ank세무회계)	박범수(감정평가사)	응원해요!
강혜원	박선우	이남순(마풀런2기홧팅)
고우빈	박성민	이상훈(고대18)
권수환	박세일(677기)	이슬
권재영	박시옷	이유환
권현아	박영미	이재원
권희영	박은해	이정민(연정민소금구이)
기윤재	박정미(마음뜰심리상담)	이종연
김미령	박형은	이주영
김민주(울희꽃밭)	백종실	이준희
김보경	보타니카	이진영
김상민(고대경영)	성구형피자값-권재영	이충현_힘내요
김상현	송세영SONGMD	이태윤
김성수(중단 없는 전진)	신혜인	이희경
김소현	안성현	임남수
김윤수	양유진	전주연
김윤희	양필규(포미런)	전해용
김은영	엄혜경(애드앤미디어)	젊음을응원합니다
김주연	오늘의 해병대 뉴스	정수민(패디파인)
김창훈	오윤석	정유진(12Kupe)
김태현	오주연 y-leath	정해정(체교07)

정휘윤이응원합니다
조경은
조명숙
조용기(미횡단후원)
조현성
지용재
진지해
채석용-화이팅!
체교10 금강석
총총
최정민(디무드)
최종명(국립목포대)
최지은(드림인스피치랩)
최현호김영신
퀸앤베일리홧팅
파이팅!!(imim)
한양대CPA고시반
홍상엽
홍준영
화이팅(익명의해군)
@bibarry_
7117
Hanna(오동희)
Hwanjungbae
Jirannie5
puroonbada
Supermomcoreana
THEHUSE_

[보금자리 후원]

이동현
Hana & Jessy 하우스
이영준
Lim & Eric 하우스
죠디 & 루이스 하우스
Lukas 하우스

[기업 후원]

(주)캠터
Klook
(주)해온컴퍼니
Supermond
Eider
Wheellab
Garmin

[인류애 후원]

Charlie & Lorie
Janet Briggs
Hair to heart musuma
Kim & Joe
High plains bike
Steffan's Saw & Bike

243

어차피 완벽히 준비된 도전은 없다

제1판 1쇄 발행　2026년 3월 23일

지은이	서성구
발행처	애드앤미디어
발행인	엄혜경
등록	2019년 1월 21일 제 2019-000008호
주소	서울특별시 영등포구 도영로 80, 101동 2층 205-50호 (도림동, 대우미래사랑)
홈페이지	www.addand.kr
이메일	addandm@naver.com
기획편집	애드앤미디어
디자인	얼앤똘비악 www.earlntolbiac.com

ISBN　　　979-11-93856-19-2 (03810)

책값은 뒤표지에 있습니다.
잘못 만들어진 책은 구입처에서 바꿔 드립니다.

A 애드앤미디어는 당신의 지식에 하나를 더해 드립니다.